El Espejo de Diana

El Espejo de Diana

Beatriz Rodríguez

LUNWERG | Narrativa

Lunwerg es un sello editorial de Editorial Planeta, S. A.
Avenida Diagonal, 662-664 - 08034 Barcelona
Calle Juan Ignacio Luca de Tena, 17 - 28027 Madrid
lunwerg@lunwerg.com
www.lunwerg.com
www.instagram.com/lunwerg
www.x.com/Lunwerglibros
www.facebook.com/lunwerg

Diseño y maquetación: Lunwerg, 2024

Primera edición: octubre de 2024
Depósito legal: B. 11.998-2024
ISBN: 978-84-10378-09-4
Impresión y encuadernación: Liberdúplex
Printed in Spain - Impreso en España

PEFC Certificado
Este libro procede de bosques gestionados de forma sostenible
PEFC/14-38-00305 www.pefc.es

A mi hija Aurora

Es ocupación de las artes compensar la vida creando lo que, por lo general, la vida se niega a crear: individuos de extraordinario valor y belleza, momentos despojados de toda trivialidad. Un pintor moderno dijo: «Pinto como un bárbaro en una edad bárbara». Un griego podía haber replicado: «Si tu tiempo es bárbaro, tal es la razón más contundente y posible para no pintar como un bárbaro».

K. DOVER (ed.),
Literatura de la Grecia antigua, 1986

Los hombres tienen miedo de que las mujeres se rían de ellos.

Las mujeres tienen miedo de que los hombres las asesinen.

MARGARET ATWOOD

EL LAGO

Cuando las Pléyades huyan del poderoso Orión
y se hundan en las brumosas profundidades
y todos los borrascosos vientos rujan,
no sigas entonces con tu barco en el oscuro mar,
sino, como te pido, recuerda trabajar la tierra.

HESÍODO, *Los trabajos y los días*

Ciencia de hembra

No temo a las tormentas que me desbordan ni a la sequía que me desvanece. No temo a las madrugadas que me hielan de enero a marzo ni al calor que en agosto enfanga mis entrañas. La lluvia del otoño compensa el letargo del verano; mi paisaje cambia bruscamente de invierno a primavera. A veces la oscuridad de mis profundidades me abruma y a veces las montañas y el cielo me convierten en su espejo. No temo a los cambios de la naturaleza ni a mi carácter predecible. Si a algo debo temer, más que a las manadas de animales que beben mis aguas, a la geografía hosca por la que me deslizo, a las gigantescas percas que se comen mis raíces; si a algo debo temer sin descanso es a los hombres y mujeres que ocupan mis laderas, creadores de un ruido pertinaz que solo puedo descifrar bajo la forma de sus meditaciones. Entonces me alcanzan nítidas sus cábalas sobre el poder, la verdad de sus movimientos cuando encuentran o buscan la soledad, las envidias o deseos que les hacen caer, hasta que un día, como ha ocurrido hoy, llega un extraño sigilo y dejo de oír el murmullo de la desazón humana. El silencio parece esculpir de sosiego mi superficie. Nadie hace, dice, piensa o lamenta nada en los alrededores de mis orillas, y hay un vaticinio o ilusión de un tiempo sin tiempo en el que la naturaleza se observa a sí misma.

Lo último que se ha oído han sido las ruedas del carromato alejarse por el camino de cipreses. Cada vez que chocaba con una piedra todo se tambaleaba, augurando la temida caída, pero los han atado bien y apenas miraban hacia atrás para ver si seguían en su sitio. Diana iba tumbada en su moisés, también en la parte de atrás, ella sí parecía temer que alguno de aquellos bultos le cayera encima, especialmente el sillón de parto de la bisabuela Felisa que Alejandra se ha empeñado en cargar. Han tenido que hacer una cruz con las cuerdas entre sus patas e ir pasándolas por debajo del carromato, para asegurarlas después con los nudos marineros que le enseñó a hacer Pedro Rengel hace muchos años. Él habría entendido el empeño de Alejandra por llevarse aquel recuerdo de su abuela, un trasto enorme que siempre estuvo deambulando por la Casa Acosta, testigo ecuánime de una familia que siempre encontró más quebrantos que gozos. La propia Felisa no entendería por qué su nieta debía seguir cargando con esa herencia familiar que en muchas ocasiones ella misma aborreció.

Si le preguntáis al viento, os contará que aquel sillón llegó a El Espejo de Diana del mismo modo que ahora se va, atado a un carromato. Si me preguntáis a mí, os diré que ya entonces los pensamientos de Felisa se debatían entre el apego y el odio hacia aquel objeto que estaba en su vida desde que nació. Su propia madre la parió en él.

Ella fue la que le enseñó los conocimientos necesarios para dominar la ciencia de hembra, pero el oficio de partera lo aprendió con la práctica. Era a lo que se dedicaban las mujeres de su familia, algo que formaba parte de su entendimiento, sin elección ni vocación. Partear era lo que ellas hacían, y hasta entonces no les había ido del todo mal, aunque a su bisabuela le prohibieran ejercer la profesión en la ciudad, donde tenían una casa y una vida. Felisa apenas se acordaba de aquellos días, pero su madre y su abuela no olvidaban la imagen de Juana la partera descalza y con el capirote en la puerta de la iglesia, y se empeñaban en impregnar de miedo la memoria de aquellos tiempos, condicionando el carácter de Felisa con la lógica del recato.

Juana, la bisabuela de Felisa, había enseñado su ciencia a muchas mujeres y a algunos hombres que ahora lo negaban. Su fama en la ciudad era tan extensa que había cobrado muy bien en casas con dinero, y fue precisamente un médico, a quien ella asistió en varios partos difíciles, el que la acusó de usar fórceps, un instrumento que ahorraba muchas muertes, pero que las matronas tenían prohibido usar, pues requería de una pericia que, afirmaban los hombres, las mujeres no poseían. Incluso, años después, se correría la voz de unas parteras a otras del uso peligroso que estaban haciendo aquellos doctores del aparato de extracción para justificar su presencia en los nacimientos.

Esto fue, según aseguraba su abuela, el principio de su desprestigio, pues en aquella época los médicos empezaron a tener acceso a los libros que unos y otros habían escrito gracias a los conocimientos de las parteras, y salieron varias leyes que endurecían las medidas para que ellas pudieran ejercer.

Entendieron los hombres de ciencia que aquellas mujeres estaban usurpando un negocio que no les correspondía, aunque todo lo que ellos habían aprendido fuera gracias al conocimiento de las brujas. Así las llamaban en algunos sitios y de eso acusaron a Juana la partera, pues al uso ilícito de material quirúrgico se sumaron los dudosos preparados de hierbas curativas, analgésicos, tranquilizantes y digestivos que, según Juana, cualquier sabia conocía.

También la acusaron de practicar la partería a cristianas viejas siendo su origen dudoso, y uno de los motivos que dieron para esta duda sobre su judaísmo fue el rechazo a llamar a sus hijas por el nombre de sus predecesoras, pues se decía que los judíos se negaban a ponerle el nombre de alguien vivo de la familia a un recién nacido. Juana la partera llamó a su hija Felisa, y nunca supieron las sucesoras cuáles fueron sus verdaderos nombres de bautismo, pues después de aquello consiguieron cambiar los dos también por el de Felisa para disipar aquella absurda creencia. Lo único que sabía la más joven de la familia era que ni ella ni su madre se llamaban realmente así.

A Juana le prohibieron volver a ejercer su oficio y la obligaron a abandonar la ciudad. No se sobrepuso a la pena de aquel castigo y murió poco tiempo después, dejando solas a las tres Felisas en un oficio que a partir de entonces sería nómada y discreto.

—La partera ha de ser prudente —le dijo su madre la primera vez que hizo de tenedora en un parto.

Tenía que sujetar a la parturienta intentando que no se inclinara hacia delante, mientras esta se agarraba a las asas del sillón para ayudarse en el empuje. Su abuela asistía a la mujer sentada en un pequeño taburete de patas tan cortas que casi parecía tener el trasero en el suelo. Solo hablaba ella, con serenidad y vehemencia, concentrada en cada segundo que pasaba. Con suavidad le tocaba la barriga y, sin cambiar de tono, la avisaba, ahí viene de nuevo, y la parturienta sabía que tenía que empujar. Entonces comenzaba el gemido ahogado, y durante unos segundos el silencio de todo el ritual parecía adquirir un sentido purificador.

Felisa recordaba esos gritos desde que era una niña. La dejaban estar por allí para que se familiarizase con el dolor y aprendiera a no compadecerse ni sufriera con ellas. La compasión no servía para nada más que para desatender sus labores y olvidarse de lo importante, que era la posición del feto durante ese recorrido inefable que lo llevaba de la oscuridad a la luz.

Pero aquel día que se estrenaba oficialmente como tenedora sí que hubo algo que la desconcentró: los inciensos de mirra y vainilla quemados durante horas no fueron suficientes para aliviar la peste que aquella habitación concentraba a causa de las heces de la parturienta. En los descansos entre empujones su abuela ordenaba sacar el cubo que había justo debajo de la silla, alineado con el hueco en forma de herradura que tenía el asiento, y traerlo vacío lo antes posible, faena que su madre hacía con secreto y diligencia para no distraer a la parturienta con pudores innecesarios. Felisa no pudo evitar las arcadas ante la tarea que le encomendaron en esa ocasión a ella, e incluso se le escapó algún «qué asco» que casi le vale la expulsión de la alcoba. Aunque no sumaba los doce años, ni su madre ni su abuela fueron indulgentes con el descuido y empezaron a darle una infusión de láudano antes de cada parto, acompañada de aquella frase de su madre:

—La partera ha de ser discreta.

Felisa entendió años después que aquel requerimiento indispensable no solo afectaba al rigor con el que cada acto de su oficio debía contar, tanto para salvaguardar la confianza de las mujeres como para ocultar sus conocimientos a los hombres, temerosos de aquel arte desde hacía siglos. También entendió la joven Felisa, más pronto que tarde, que la discreción era una de las formas con las que el mundo había conseguido que las mujeres permanecieran ocultas, pero ya entonces le tenía más aprecio al láudano que a la vida y los dolores del alma apenas rozaban su ánimo con intrascendencia.

Curiosamente, aquel medido estado de embriaguez con el que se enfrentaba a los partos hacía que afloraran algunos aspectos de su carácter muy propicios para esos momentos.

Pese a la actitud altiva con la que se desenvolvía en el mundo desde bien pequeña, Felisa tenía la capacidad de observar sus aciertos y sus faltas no como logros y fallos, sino como peldaños hacia un conocimiento consolidado sobre el oficio, basado en la observación de sus progenitoras y en la intuición. No tenía una voluntad especialmente indagadora, ni le interesaban la botánica, más allá de los preparados con belladona y cornezuelo, o los remedios básicos para deshacer embarazos, pero sí confianza en su capacidad para la experimentación.

Nunca supieron ni su madre ni su abuela si la causa de aquella pereza que la acompañaba fue la temprana afición al láudano que ellas mismas incentivaron, pero tampoco antes de aquello habían observado que fuese especialmente trabajadora o dispuesta; tal vez por eso lo que más le encargaban era preparar la habitación de la parturienta para protegerla. Además de limpiar el recinto, le gustaba arreglar la ropa de cama, mantener las velas encendidas y las medallas, escapularios y demás devociones adecuadamente distribuidas. Todos estos movimientos los acometía muy despacio, con una concentración que a veces parecía mantenerla en un extraño trance, pero les demostró tener dotes intuitivas y ser diligente si le gustaba la tarea.

Algunos meses después del incidente con el cubo de heces, su abuela le pidió que se encargara ella de asir el muñeco a la parturienta, y cuando la mujer a la que asistían empezó a tener dolores regulares y poco espaciados, la niña le ató al abdomen un cojín que usaban durante la expulsión e iban apretando poco a poco hasta sujetarlo, como si fuera una especie de corsé, una vez que el feto había salido.

No fue hasta un año después que aprendió a colocar el útero en su sitio después del parto, una de las cosas por las que las mujeres las llamaban a ellas de un pueblo a otro, pues no todas las médicas sabían hacer bien aquel doloroso masaje, imprescindible para que la mujer pudiera volver a gestar.

Su primer parto no fue difícil, aunque se le olvidó atarse el cordón del niño en el muslo, tal y como hacían su madre y su abuela, para que no se escapara del mundo de los vivos. Como no hubo más complicaciones, la dejaron que siguiera asistiendo otros menos fáciles, como el de aquellos gemelos. Cuando la parturienta hubo expulsado al primero, a Felisa se le ocurrió atarle una cinta roja en la muñeca para que no hubiera confusión, algo que no habían pensado hasta entonces y que siguieron haciendo en lo sucesivo, e incluso escucharon que algunas otras médicas los identificaban igual.

Durante algunos años la abuela de Felisa se sentaba junto a ella en algún momento del parto para hacerle preguntas sobre el estado del feto, la posición en la que venía o la temperatura de la madre. Una vez que la criatura estaba en el mundo y comprobaban que el corazón latía, también era importante saber cortar el cordón y hacer inventario de orificios para apreciar si había carencias o extraños en el físico.

La higiene y la curación de las heridas eran fundamentales para evitar infecciones cuando había desgarro. Aprovechaba para instruir a la futura madre en este punto con las preguntas que hacía a su nieta, atemorizando a las parturientas sobre el riesgo de muerte si no se aseguraban de que las heridas estuviesen limpias una vez que ellas ya no estuviesen allí, aunque la mayoría de las veces intentaban estar cerca de las madres y de sus hijos hasta que ambos cumpliesen la cuarentena. Las asesoraban sobre las mejores posturas para alimentar a los recién nacidos en función del tamaño y la forma de las mamas, o para tratar las heridas en los pezones, una de las causas de desnutrición y muerte de los niños, y de dolorosas enfermedades en las recién paridas.

Aprender que la muerte era una constante en su labor y saber cómo comportarse, sin que los ánimos del fracaso la convirtieran en una cínica, era una de las lecciones más importantes que Felisa tuvo también que aprender. La encargada de educarla en esas pasiones, cuando la pérdida del feto o de la parturienta era inminente, fue su propia madre. Pensaba su abuela que la eficaz confianza que atañe a una madre con su hija es capaz de salvar los escollos del dolor y del silencio. Sin embargo, y pese a la fortaleza que con sus conocimientos le mostraban sus progenitoras, el contacto constante con la visión de niños que nacían muertos o, aún peor, que morían horas después de haber rozado la vida, y de mujeres que se desangraban o simplemente caían extenuadas, sin respiración, a veces con los órganos prácticamente fuera, por el esfuerzo y el desgarro que les ocasionaba el intento de expulsar los fetos durante horas o días, eran imágenes que con el paso de los años crearon traumas tan invisibles como indelebles en el carácter de Felisa. Nunca asumió esa parte de su trabajo sin tener que buscar la paz que le daban sus infusiones, pero tampoco dejó de practicar su oficio, pues era lo único que había conocido.

Su abuela murió unos años después de unas fiebres desconocidas. La mujer se aisló de su hija y de su nieta en cuanto se sintió débil, asegurándoles que ella sabría curarse, y no dudaron en dejarla sola con su enfermedad, pues ambas habían aprendido todo lo que sabían de ella y poco podrían aportar. Estaban entonces asistiendo a varias recién paridas en los alrededores de una aldea, donde uno de los maridos les había prestado una choza con huerto que tenía en las lindes de la población. Solo había una estancia, así que cuando la abuela de Felisa enfermó tuvieron que separarse en dos casas distintas de dos parturientas a las que iban a atender, a varios kilómetros una de la otra. Cada día le llevaban sopa de gallina a la abuela y se la dejaban en la puerta, tocando y esperando respuesta para cerciorarse de que la mujer recogería el caldo en cuanto se fueran.

El día que la abuela no contestó era Felisa la encargada de llevarle la comida. Estuvo una hora sin saber qué hacer, mientras pegaba la oreja intentando escuchar algo dentro de la choza, pero no se atrevió a entrar, sino que tomó el camino hacia la casa en la que estaba su madre y ambas emprendieron el de vuelta, no sabían si para asistir a una moribunda o a una muerta.

Tenía los ojos abiertos, y ambas desearon que eso fuera indicativo de una corta agonía, por el color de la piel y de los labios seguramente relacionada con la falta de aire. Algún demonio había atacado los pulmones, pues era cierto que la oyeron toser varias veces durante aquellos doce días que estuvieron dejándole la comida.

Nunca lo sabrían, pero estaban casi seguras de que aquel aislamiento las había liberado de la enfermedad, por lo que la muerte en soledad de la matriarca de aquellas médicas estuvo siempre justificada. Otra cosa serían los tormentos que acompañarían a la madre de Felisa el resto de su vida. A ella, sin embargo, no pareció afectarle demasiado, pues siguió acometiendo sus labores con el mismo halo de concentración ensimismada que le proporcionaban sus infusiones.

Continuaron juntas algunos años más, y pudo observar entonces una característica en la personalidad de su madre en la que no había reparado, pero que a raíz de la pérdida de su abuela se convirtió casi en un impedimento para la vida y para el trabajo; la madre de Felisa era una mujer regida por la pasión del miedo. Recordaba en muchas ocasioncs el episodio de las torturas a la bisabuela Juana, el escarnio que hubo en su castigo y la estrepitosa huida de su casa en la ciudad, de la que solo pudieron llevarse la vergüenza y el estigma. La dominaba el discurso del silencio y el disimulo, y en alguna ocasión esta actitud le impedía trabajar en el parto con eficacia, pues la ausencia de libertad en su manera de pensar impregnaba cada uno de sus movimientos.

Era como si la presencia de su abuela hubiera calmado durante aquellos años de peregrinación el trauma de la huida, pero también la sobreprotección bajo la que se escondió para evitar tener que tomar decisiones, algo que ocultaba imitando a la matriarca en todo lo que hacía. Descubrió Felisa que su madre era una mujer débil cuando empezó a dudar sobre todo lo que tenía que hacer durante el parto. Había un detalle del que no se había percatado siendo niña, pero que, echando la vista atrás, recordaba con cierta nitidez, la mirada escrutadora de su madre en cada decisión que tomaba buscando la aprobación de su abuela, la repetición constante de las indicaciones que esta les daba, como un eco inseguro que pretendiera adquirir autoridad por imitación y no por los méritos de su conocimiento.

Entendió Felisa en aquellos momentos que una maestra de la partería debe transmitir seguridad hasta cuando duda, pues hay una mujer que se está partiendo en dos y que pone su vida y la de su criatura en sus manos. En los trances entre la vida y la muerte, tan importantes son los conocimientos como el ambiente tranquilo y seguro que debe respirarse en el lugar del parto.

La madre de Felisa imitaba a su abuela, pero no conseguía expiar la incertidumbre con la seguridad que lo hiciera la otra, y a la que más le pesaba esa incapacidad, sin duda, era a ella misma. Consciente de estar haciendo una labor mediocre, la primera vez que una mujer murió desangrada en sus manos le pidió a Felisa que tomara las riendas de los partos. Ella la asistiría, aunque por edad correspondía lo contrario. No había parteras en el mundo que no fueran mujeres mayores o de maternidad probada, lo cual les daba una posición similar a la de las numerosas viudas que practicaban el oficio. Tendrían que fingir que su madre seguía siendo la matrona, aunque esta empezara a buscar el beneplácito sobre cada decisión en los ojos violetas de Felisa, color que brillaba bajo las pupilas que el opio empequeñecía y que transmitía una calma absorta pero eficaz.

La última visita que hizo junto a su madre fue a una casa con tierras y dinero, y no para asistir a alguna de las mujeres que por allí trabajaban, que eran muchas y en edades fértiles, sino para ayudar en el parto a la mujer del dueño, una muchacha de dieciséis años, justo la edad que sumaba entonces Felisa.

Estuvieron allí un mes y en ningún momento se sintieron demeritadas por los señores de la casa por su condición de matronas. El motivo de su orgullo a la hora de ejercer el oficio sin sentirse criadas era la educación que habían recibido durante generaciones, antes incluso de que Juana la partera se hiciera famosa. Esto ocurría no solo por la absoluta confianza que tenían en la relevancia de su labor, aunque ningún hombre lo nombrara, sino porque sabían leer y escribir, sentarse a la mesa y arreglarse como las señoras. Así se lo habían enseñado, como parte de la superioridad que debían transmitir, para la paz y confianza de las mujeres a las que atendían y de los maridos que les pagaban.

En los pueblos y aldeas por las que peregrinaban siempre llamaban la atención, pero en una casa como aquella resultaba algo insólito. Esto, sumado a la juventud y a la extraña belleza de Felisa, con aquellos ojos de color violeta y la mirada entre fría y distraída, despertó inevitables pasiones en el padre del recién nacido, a quien la joven partera tuvo que andar evitando durante días, lo cual provocó la previsible ira del hombre en celo, que, además, era en apariencia culto y religioso.

Muchos hombres de esta condición habían tenido alguna vez entre las manos el libro titulado *Malleus Maleficarum*, y la mala conciencia que prosiguió a la lujuria no satisfecha resolvió en la mente de aquel dueño que las médicas que estaban en su casa eran unas brujas, convencido de que estas acometían los métodos para envenenar el acto venéreo y la concepción en el vientre, «primero, inclinando los pensamientos de los hombres hacia una pasión desenfrenada. Segundo, obstruyendo su fuerza procreadora. Tercero, haciendo desaparecer los órganos adecuados para tal acto. Cuarto, transformando a los hombres en bestias con su magia. Quinto, destruyendo la facultad de procrear en las mujeres. Sexto, practicando abortos. Séptimo, ofreciendo niños al demonio, así como también otros animales y frutos de la tierra, con lo cual causan grandes males». Así lo leía una y otra vez en el libro que también denominaban *El martillo de las brujas*, hasta que terminó por creerlo y mandó llamar a algunos de los mozos que trabajaban allí para que las llevaran a las cuadras, las desnudaran y las afeitaran, pues el *Maleficarum* decía que el diablo se escondía entre los vellos de sus brujas. Las ataron a los tabiques donde colgaban los chorizos y mandaron llamar a un cura exorcista, que las azotó con el látigo hasta que confesaron ser lo que ellos decían que eran. Pagó el dueño al cura para que sacara al maléfico de su casa y para que no contara jamás lo que allí había ocurrido, pues no quería que el miedo a la presencia del diablo planeara de ninguna manera sobre su nombre.

Felisa y su madre huyeron de aquella casa una madrugada de principios de otoño. Calvas y heridas, se dirigieron hacia un lugar seguro, una comunidad de la que les habían hablado otras médicas a lo largo de sus viajes donde podrían esconderse, al menos mientras les crecía el pelo. Tal vez si alguien las hubiera visto marchar se habría percatado de que en el carromato en el que se iban seguía instalado aquel sillón de parto que bien podrían haberles quemado o hecho trizas con la misma brutalidad con que les habían levantado la piel de la espalda, pero nadie vio cómo se marchaban las parteras, y la silueta oscura del sillón se alejó con ellas cuando el alba despuntaba.

Algunos días después llegaron al bosque de sabinas cercano a mis orillas y encontraron las Cuevas donde todavía vivían algunas mujeres a las que en Aljuariz llaman sabias. Ellas las cuidaron y mandaron a Felisa hacia los pueblos cercanos, donde seguro que encontraría embarazos que asistir, pero su madre se quedó en las Cuevas. Allí se escondían las mujeres que no podían enfrentarse al mundo cárcel que los hombres habían construido para ellas.

El ahogado

Antes de que Felisa llegara las mujeres venían a parir a mis orillas. Me llamaban El Espejo de Diana porque había un santuario que en otro tiempo había estado dedicado a la diosa, que después fue la diosa virgen y más tarde solo la virgen. La primera vez que Isabel Maldonado remó sobre mis aguas fue para hundir un trozo de tocino en mis profundidades. Lo llevaba cosido por la parte de la piel a un saco de arena. Más de quince kilos pesaba el saco, casi como la propia Isabel, que era delgada como un junco, las patas largas y las costillas marcadas. Ya entonces era bruja; miraba lo que hacían las ancianas de las aldeas, aunque ella sabía más cosas. Paseaba durante horas por el campo y olía las plantas, observaba a escondidas por todos los rincones de la casa de los Acosta, escuchaba lo que el cielo le decía de las próximas lluvias, la forma en la que el ganado pastaba, a las mujeres parir y a los hombres matar. La gente pensaba que era muda porque solo hablaba con Felisa o con las mujeres que trabajaban para la casa, pero siempre usando refranes o para dar alguna orden concreta. A veces contaba cuentos.

Una amante de Darío Acosta llamada Adela Maldonado la abandonó una mañana de domingo en la puerta de la cocina que daba al patio de la entrada, cuando la luz del sol despuntaba por mi orilla de poniente. Isabel Maldonado era un bebé y Felisa la adoptó como a una hija, aunque su actitud con ella fue siempre poco maternal; más bien era Isabel la que cuidaba de la señora como si esta fuera una niña pequeña, hablándole con el tono de paciencia hundido en sus consejos.

Decían que Felisa empezó a volverse loca cuando le salieron aquellas verrugas por la cara y los brazos. Entonces buscó uno de los velos negros con los que se cubrían las viudas y no consintió en que nadie la viera durante meses; ni siquiera se lo quitaba para dormir. En una ocasión la vieron tumbada sobre la cama con el velo puesto, empapado por la parte de la cara, no sabían si a causa del sudor o por las lágrimas que derramaba entre gemidos. Deambulaba por los pasillos cuando todos dormían, recorriendo el camino de su habitación hacia la cocina para buscar algo que llevarse a la boca, pues era incapaz de sentarse a la mesa con su marido. Esa mujer hace siempre lo que le da la gana, oía retumbar en mis aguas cuando las mujeres venían a la orilla a lavar la ropa.

Solo Isabel se atrevió a hablarle para que guardara aquel lúgubre velo, una mujer tan bonita cubierta como una muerta, le decía como si fuera una sabia.

—Mira esta corteza de cerdo. Voy a limpiarte con ella cada una de las verrugas, luego la voy a tirar a un sitio por el que no vas a pasar nunca y vas a ver como en una semana han desaparecido.

Fue entonces cuando vino a tirar el saco de arena con el trozo de piel cosido en lo más profundo de mis aguas. Aunque, efectivamente, Felisa nunca sabría qué hizo Isabel ni por dónde tenía que pasar, es verdad que las verrugas se fueron aplanando hasta que desaparecieron y pudo quitarse el velo y sentarse a la mesa, bañarse y pasear por las tierras yermas que entonces me rodeaban. También entró en la cocina, donde la niña Isabel pasaba la mayoría del tiempo ocupada en que no se apagara la lumbre, porque a Felisa pocas veces le apetecía organizar las comidas y las tareas de la casa. Prefería hablar con sus muertos, que tenían un pequeño altar en el salón, aunque casi siempre estaba en la mecedora del porche, mano sobre mano, recordando sus miserias: las que podía contar y las que no le dejaban pegar ojo desde hacía años. Mujer de mal dormir, susurraban como si estuviera maldita.

Isabel se hacía cargo de todo. No molesten a Felisa, que ha pasado mala noche, decía cuando su madrastra había tenido que atender un parto de madrugada. Así parecía justificar la vehemencia con la que comenzaba a dar órdenes sobre la casa y a gestionar la herencia que había dejado Darío Acosta. También se ocupaba de pagar la comida y los sueldos, pero a medida que el dinero fue gastándose tuvieron que vender vajillas, mantelería y algunos muebles a los pocos buhoneros que iban pasando con cuentagotas por Aljuariz, y más tarde empezaron a deshacerse de casi todo el ganado porque era muy caro mantenerlo. Al fin y al cabo, aquella era zona de comerciantes.

—Darío se dedicó toda la vida a comprar y a vender, y mira lo bien que estamos —sonaba la voz adormecida de Felisa en algún lugar cerca de la ventana del salón, donde apenas quedaban velas para iluminar la noche.

Y era verdad que Darío Acosta había sido un buen comerciante, aunque el oficio que aprendió de niño era el de herrero. Decían que por eso tenía las articulaciones deformadas, las piernas arqueadas con los tobillos hacia dentro y una cojera cada vez más evidente que le obligaba a caminar con un palo de madera. Su madre murió pariéndolo y él se crio en la fragua de su padre y sus tíos cuando quedaba todo por forjar. Le enseñaron a endurecer la aleación de cobre con arsénico, veneno que había degenerado el cuerpo de todos los hombres de la familia, pero que también los había enriquecido por ser su alquimia la que mejor tañido insuflaba a las campanas.

Con diecinueve se cansó de respirar el carbón de aquella cueva en la que nunca entraba la luz y empezó a viajar haciendo dinero con la venta de artesanía que él mismo hacía; braseros, vasijas, tazas, varillas, arados, hoces y hasta pulseras y pendientes. Se asentó cerca de mis orillas cuando empezaron a hacerle encargos más grandes, cañones y de nuevo campanas, y contrató a hombres de la aldea, con los que viajaba para llevar y defender el pesado material.

Cuando Darío conoció a Felisa tuvo que disfrazar su amor por ella de negocio para que la partera consintiera en casarse con él. Le dijo que en Aljuariz no había médicas que supieran asistir bien y que muchas mujeres y niños morían por la inexperiencia de las que allí quedaban, pues las sabias conocedoras de esa ciencia tardaban un tiempo en llegar desde las Cuevas. Las mujeres que se dedicaban a arar la tierra estaban desasistidas; hacía falta alguien que las ayudara, y no solo en los partos, pues había mucho mal originado antes y después que les impedía trabajar e incluso las mataba. Necesitaban a alguien que dominara la ciencia de hembra.

A Felisa le rondaba la idea de asentarse en un lugar desde hacía tiempo y conocía la fama de Darío de buen comerciante. También sabía que el herrero nunca dejaría de darle asco, pero sus drogas le habían proporcionado templanza en peores situaciones. Tarde o temprano tendría que casarse para acallar reticencias sobre su oficio, y sabía que para la tarea de marido ningún hombre era ni peor ni mejor, salvo por el tiempo que pasara fuera de casa. En este sentido Darío Acosta parecía inmejorable, así que subió un baúl y su silla de parto al carro del herrero y se encaminó hacia la Casa Acosta sin ilusión ni expectativa.

Tierras áridas de pasto para ganado recio, desierto, calor seco. La primera vez que Felisa vio la hacienda de Darío cayó de rodillas sobre la tierra roja que daba a las montañas de piedra y empezó a llorar en silencio.

—Búscame un árbol, Darío. Un árbol que me dé sombra cuando me muera. No quiero pasarme la eternidad bajo el sol de este desierto.

Y Darío plantó los cipreses que hay en la entrada de la Casa Acosta. Los cipreses crecen rápido, se decía a sí mismo, deseando, casi sin pensarlo, que la muerte de su mujer llegara también pronto. En sus viajes, que eran largos y aburridos, soñaba con la idea de no tener que volver a enfrentarse a la belleza de Felisa. Qué mala suerte he tenido, les lloraba a las putas que buscaba en otros pueblos, no sirve para nada, ni para llevar la casa ni para darme hijos. Solo sirve para odiarme.

Decían en Aljuariz que Darío Acosta estaba tan enamorado de su mujer que tenía que emborracharse para meterse en la cama con ella, porque sus ojos violetas le hacían llorar, y es verdad que, en las noches de verano, cuando dejaban los balcones abiertos, se podían escuchar siempre las mismas preguntas y las mismas súplicas.

—¿Me quieres, Felisa?

Ella siempre contestaba susurrando, como si estuviera narcotizada por un dolor olvidado, pero presente en cada uno de sus movimientos.

—Claro que te quiero —afirmaba con una indolencia punzante, mirando hacia otro lado o acariciándole la cara a su marido con indiferencia. Entonces Darío le preguntaba si lo amaba, si lo deseaba, y Felisa permanecía en silencio, esperando que él perdiera interés. Aun así la violaba, y ella congelaba la sonrisa, conocedora del remedio para el dolor que supone el deseo fingido.

Sin embargo, Darío no se sentía en absoluto satisfecho y con el tiempo también empezó a golpear aquel cuerpo que lo despreciaba sin resistencia. Cada vez que la forzaba a Darío se le metía el asco de Felisa por las entrañas y tenía la necesidad de castigarla. Ni siquiera entonces ella lo miraba. Menos aún cuando a los pocos días regresaba con disculpas y regalos. Cuando se cansaba de escucharlo pasaba los dedos delgados y puntiagudos por el cabello de su marido, como si fuera un animal necesitado de calma.

Isabel le curaba las heridas que Darío le hacía en los brazos y la espalda. Para los cortes utilizaba aloe vera y para el dolor de los moratones infusiones de estragón y láudano que la adormecían y mudaban el recuerdo en sueño.

Cuando Darío estaba de viaje, Felisa le pedía a la niña que le buscara amantes entre los hombres más jóvenes que trabajaban con el ganado, así se aseguraba poder manejarlos. Le gustaban jóvenes porque estos, al contrario que los adultos, no se avergonzaban de su inexperiencia. Podía enseñarles los lugares del placer de manera explícita, nombrando, como una maestra paciente, todo lo que tocaba con sus manos o con su boca. Eran muchachos apocados, analfabetos, hambrientos y poco atractivos. Uno incluso lloró después de su primer orgasmo. Felisa lo echó de su habitación y, con el tono frío y calmado que solía acompañarla, le dijo que no llorara delante de una mujer y que, si lo hacía delante de los hombres, más le valía estar borracho.

Uno de ellos, llamado Alfonso Delgado, consiguió llamar su atención. Estaba recién casado con una muchacha de Aljuariz, por lo que no podía acudir a su reclamo siempre que ella quería, y esto aumentaba su deseo. Felisa le llamaba Delgadito. ¿Cuánto tiempo me vas a hacer esperar, Delgadito?, le decía si conseguía quedarse unos minutos a solas con él, que sonreía sin timidez y la retaba a esperarlo de madrugada. La mayoría de las noches no aparecía, pero ella dejaba el balcón siempre abierto, aunque hiciera frío. Otras veces lo veía trepar por el fresno que había debajo de su balcón y se oían los gemidos en lo más profundo de mis aguas.

A la mañana siguiente desaparecía y no volvía a saber nada de él en semanas. Cuando Darío regresaba de alguno de sus viajes, Isabel fingía estar enferma y Felisa salvaba las noches cuidándola para no tener que acostarse con su marido. Pero si pasaban varios días y debía regresar a su cama, cerraba los ojos soñando que tenía al Delgadito entre las piernas y le clavaba las uñas a Darío en la espalda, mientras este pensaba que su mujer se estaba volviendo loca.

Llegó a estar tan desesperada que un día pidió ayuda a la pequeña Isabel, y esta lo siguió al atardecer, cuando regresaba de trabajar del campo. Aquel Delgadito medía casi dos metros y su paso era lento; cada movimiento de pierna emulaba las ramas del sauce con viento suave, pero las huellas que dejaban sus botas eran profundas y alargadas. Hubo un momento en que casi lo perdió de vista e Isabel empezó a correr detrás de él porque sus pasos cortos no alcanzaban la velocidad de aquel gigante espigado. Cuando distinguió bien una de sus pisadas marcó el cerco que había alrededor de la huella, luego sacó con una espátula la tierra que había dentro de la pisada, la guardó en una maceta y se la llevó a Felisa para que plantara unos narcisos. El día que salgan los primeros capullos volverá a ti, le decía con la voz inocente, como si fuera un juego.

La noche que Darío Acosta murió los botones dorados de los narcisos parecían a punto de estallar. Llegó tarde, con otros cuatro hombres que lo acompañaban para cerrar los negocios o para protegerlos. Venían contentos porque habían vendido todo el material que Darío había trabajado ese año, traían hambre y mucha sed, así que pararon a cenar en una taberna cerca de la Casa Acosta. Estuvieron comiendo y bebiendo hasta la madrugada, vaciando botellas de vino y de aguardiente hasta quedar adormecidos entre lamentos sin sentido y palabras de desprecio hacia las mujeres que deseaban. Los hombres nacen sin saber amar, aprenden a hacerlo leyendo a los grandes poetas o escuchando las canciones que los sabios aprendieron, pero si esto no les interesa, pueden morir sin comprender nada de lo que han sentido en su vida. A veces el alcohol les calma.

Algunos se marcharon y otros se quedaron dormidos en las incómodas sillas de enea que había en la taberna. El propio Darío permaneció inconsciente un par de horas, pero se despertó con dolor de cuello y, dando tumbos, se dirigió hacia su casa en la negra noche sin luna. Antes de entrar sintió la presencia de los cipreses sobre sus hombros, cerró la puerta con miedo y subió a la planta de arriba buscando la comodidad de su cama.

Decía Isabel Maldonado que cuando la muerte de un hombre es precipitada, el alma se escapa antes del último suspiro y queda atrapada en algún lugar donde nadie puede rescatarla. Darío Acosta suspiró al entrar en la habitación, fueron apenas dos segundos, pero no pudo evitar quedar hipnotizado por el cuerpo de su mujer, que, desnuda frente al balcón, lo miraba con ojos de pánico mientras un hombre hundía la cara entre sus piernas. Apenas pudo distinguirlo. Sin vestirse ni mirar a Felisa, el Delgadito bajó por el fresno y corrió hacia mis orillas. Darío le siguió como si hubieran metido en su corazón mil lanzas de hielo, cogió el trabuco que llevaba en sus viajes para defenderse de los asaltos y pegó un tiro al aire, esperando detener con él al hombre desnudo que segundos después desapareció en la oscuridad.

No fue el suspiro del Delgadito el que oí aquella noche, sino el derrotado llanto de Darío Acosta, que, enajenado, cayó de rodillas cuando entendió la vergüenza. Debería matarla, pensaba y lloraba, golpearla hasta que dejara de respirar, no con el cinturón, con mis manos, estrangularla con mis manos, decía en voz baja mientras se metía en el agua con la ropa puesta y la escopeta en la mano derecha, trastornado por los pensamientos que hacían vibrar su cuerpo con la misma fuerza que vibraban aquellas campanas moldeadas en la fragua. Muérete, Felisa, gemía casi sin que sus palabras se entendieran porque yo le cubría la boca, y el terror por su credulidad, la falsedad, la sedición y los rumores eran venenos que se repetían en el interior de su conciencia, donde no encontré un rincón de silencio o de calma. Muérete, lloraban sus pensamientos bajo el agua, y yo templaba aquel lamento sumergido introduciéndome con ternura en sus pulmones, en su sangre, en su mente cargada. La locura empezó a desvanecerse y los gritos tornaron en sordos murmullos, semejantes a los del último ronquido que produce el trueno.

Cuando descubrieron el cuerpo del ahogado las sabias se apresuraron a tapar la boca de los animales y de los niños, pues pensaban que el alma de un moribundo podía colarse por allí. En la casa, en Aljuariz y en las aldeas cercanas guardaron silencio durante una semana para que el alma del patrón no accediera a ningún cuerpo vivo y regresara a su dueño. Incluso Felisa, encerrada con la pequeña Isabel en su habitación, rompió una sábana de lino y se amordazó, suplicando que Darío no volviera a entrar nunca más en ella.

La gran sequía

A tan solo dos días andando desde las ruinas del templo de la diosa, en dirección noroeste, Isabel Maldonado había descubierto el bosque de sabinas. Se dirigió hacia ese lugar aconsejada por Afrodisia, la cocinera de la Casa Acosta, pues había por allí una aldea donde conocía a una sabia que masticaba yedra y era experta en sahumar con incienso y laurel. A la aldea que había cerca del bosque también había llegado la sequía, aunque nadie estaba al tanto de lo que decían por aquí, donde los rumores sobre la causa de la muerte de Darío empezaban a asociarse a la ausencia de lluvias que nos asolaba.

El cuerpo inerte del marido de Felisa había quedado atrapado entre las ramas de uno de los árboles submarinos que poblaban mi fondo. No llegó a pudrirse ni a descomponerse; antes sirvió de alimento a las percas, que engordaron y poblaron mis aguas, pues nadie quería comerlas ya por si llevaban dentro el alma maldita del suicida. Cuando las aguas empezaron a evaporarse podían verse, en los días de sol resplandeciente, los lomos de los animales brillar en la superficie de las orillas, amontonados e inquietos, mientras las lavanderas renunciaban a visitarme por la suciedad que los bichos dejaban.

Isabel Maldonado sabía que no era el espíritu de Darío Acosta lo que haría temblar las paredes de aquella casa, sino la falta de descendencia que este dejaba. Ahora la dueña era una mujer bella y conocedora de la ciencia de hembra. Si nadie lo remediaba, pronto se convertiría en la culpable de la interminable sequía que padecíamos entonces.

Corría también el rumor de que la casa se quedaba sin recursos y, aunque Isabel había comprado unos cuantos cerdos con idea de montar una granja, porque son los más fáciles de alimentar y su carne sirve para todo, le dijo a Afrodisia cuando esta le preguntó por el dispendio, la sequía era mal augurio y la infertilidad de la tierra se identificaba con la de su dueña. Consciente de su inexperiencia para acallar rumores de gente sedienta, Isabel pensó que necesitaban la ayuda de alguien que hiciera embarazos, pues los conocimientos de Felisa estaban más dirigidos a deshacerlos.

La sequía trajo una hambruna que causó la marcha de algunas familias e Isabel supo que pronto las seguirían muchas otras. Las mujeres de la casa se pasaban el día cosiendo, oficio de hembra ociosa. No podían ir al campo porque todo era un secarral, ni lavar la ropa ni cocinar ni hacer vasijas, porque el agua del pozo debía usarse para lo imprescindible.

Fue entonces cuando Afrodisia le habló a Isabel Maldonado sobre las mujeres que vivían más allá del bosque de sabinas. Muchos años atrás, la abuela de la cocinera acudió a una de ellas para pedirle ayuda. Su padre había muerto sin perdonarle que se fuera con un hombre al que él no aprobaba, y temía que su alma rondara por la casa para siempre, castigándola por su desobediencia. Para contactar con el muerto aquella sabia encendió una hoguera con ramas de sabina y, ocultando la cabeza con una tela, inhaló el denso humo hasta caer sin sentido en el suelo, sobrecogida por las convulsiones. Pronto se incorporó principiando un agudísimo canto que repitió una y otra vez. En cuanto el alma del muerto entró en ella su cuerpo empezó a agitarse violentamente hasta llegar al frenesí; brazos y piernas se retorcían, las facciones se contraían y los ojos se perdían. Durante tres horas sin descanso emitió el zumbido de un canto monótono, acompañado bien por el castañeteo de los dientes, bien por el sudor que empapaba su cara y su cuerpo, como si fuera una cerda pariendo. Cuando transcurrieron las tres horas cayó exhausta junto al fuego casi apagado, no sin antes mirar a la abuela de Afrodisia con sus verdaderos ojos y tranquilizarla. Su padre ya se había ido.

Años después los hombres prohibieron a aquellas mujeres practicar esa ciencia. Sin embargo, con la tragedia de la sequía, Afrodisia había oído que estaban otra vez ejerciendo.

La ambición de Isabel Maldonado era saber dirigir la naturaleza, y entendía que no discernir sus límites podía otorgar a cualquier mujer poderes de dudosa efectividad. Ella prefería observar la tierra; desde muy niña se dejaba llevar por largas y asiduas contemplaciones que la unían a todos los elementos, de tal forma que, muchos años después, en Aljuariz creerían que era capaz de fundirse con el origen y causa de todas las cosas. Nunca había experimentado ninguna convulsión y temía el efecto que los venenos del campo pudieran causar en su mente, pero le tenía mucha fe a la cocinera, que le había contado historias desde que era muy pequeña y con la que había aprendido el buen y el mal hacer de muchas hierbas del campo.

En la aldea que había cerca del bosque de sabinas todo el mundo conocía a la sabia. Había vivido en una de aquellas casas de adobe hasta hacía unos meses e, igual que en Aljuariz, allí también habían rezado para que lloviera. Habían pedido finalmente a aquella mujer que les ayudara para que las oraciones fueran más efectivas, de manera que esta se desplazó desde su casa, en retiro eremita, hacia una de las cuevas que había en las hoces de piedra que me rodean, para pedir que el agua regresara a aquella tierra, jurando que no regresaría hasta que no trajera la lluvia con ella.

Hacia allí se dirigió Isabel Maldonado. El serpenteo de las hoces estaba trazado por un río de caudal ridículo que en tiempos de bonanza había sido buen abastecedor de toda la zona. Las Cuevas se hundían hacia la mitad de las paredes como balcones horadados en las montañas y no era fácil acceder a ellas. Afortunadamente, la sabia tenía el fuego encendido e Isabel pronto vio el humo. Desde la ribera empezó a llamarla para que se asomara y la ayudara a subir o se animara a bajar allí con ella. Había que tener los brazos y las piernas fuertes para trepar hasta ese lugar. Caminando por la ladera del río vio llegar a lo lejos a una mujer con la melena grisácea, larga y sucia. Llevaba un vestido negro con un delantal del mismo color encima, las piernas delgadas y arqueadas, la piel muy blanca. Se detuvo a unos veinte metros de Isabel, observando a la niña con unos diminutos ojos azules y preguntándole despectiva qué quería. Isabel miró las manos que la mujer traía ensangrentadas y quiso salir corriendo, pero algo le impidió hacerlo; tal vez esa curiosidad que nunca ponía fin a sus paseos por el campo.

La sabia le contó entonces que cada semana salía a robar un gallo y una cerda en alguna de las aldeas vecinas, debía tener cuidado porque en aquella época de carestía eran bienes muy preciados y podían ahorcarla si la pillaban. Cuando tenía a los dos animales los llevaba a la orilla del río, los mataba y los dejaba uno al lado del otro, amarrados con una tela. De allí venía ahora, y señaló unos metros hacia atrás para que lo viera si quería. Isabel observó a los animales muertos, abrazados por aquella tela mientras el río se teñía de rojo, y pensó que antes la matarían por manchar el agua de sangre que por robar animales.

La mujer no pudo evitar sentirse aliviada cuando Isabel Maldonado le contó el rumor que empezaba a correr por las aldeas sobre la sequía y la consecuente infertilidad de la tierra. Si el motivo de la ausencia de lluvias tenía que ver con la infertilidad de Felisa, la única solución era que esta quedase embarazada, pero para ello debía ser tratada. Nunca preguntó la niña cómo la sabia conocía los escarceos de Felisa, pero no quiso preocuparse por ello, pues sabía que los que hablaban con los muertos siempre eran cómplices de los secretos de los vivos.

La sabia se ofreció a acompañar a Isabel Maldonado hasta la casa donde vivía el amante de Felisa. Caminaron durante el resto del día y llegaron a Aljuariz de madrugada. Isabel se subió a la ventana que daba al dormitorio y lo despertó. Cuando la sabia vio a aquel hombre tan alto rumió que el parto de Felisa sería duro. Temeroso de que aquellas dos despertaran a su mujer, el hombre obedeció y las siguió hacia el páramo desierto que había más allá del camino de cipreses que Darío Acosta plantara, cerca del lugar donde Isabel quería poner la granja de cerdos y donde la tierra era seca y estéril desde no se sabía cuándo.

La luna amarillenta, protectora de los animales salvajes, los bosques y las cosechas, de los claros solitarios y de las rumorosas corrientes, los iluminaba aquella noche. Ella hendiría la tierra de grano fértil y recibiría la lluvia. Entre los tres cavaron un surco circular que marcaba el centro de lo yermo y cuando terminaron, la sabia se acercó al pesebre donde dormían los cerdos hambrientos de Isabel Maldonado. Con un cuchillo que cogió de la cocina le rajó el cuello al más pequeño para desangrarlo.

La noche clara dejaba ver a lo lejos la figura de la niña Isabel trayendo a Felisa en camisón y medio dormida. Cogida de la mano, como si estuviese sonámbula, la puso delante de Alfonso Delgado. Fue entonces cuando la señora abrió bien sus ojos violetas, todavía sin comprender qué estaba ocurriendo. Los amantes culpables de la sequía tuvieron que verter la sangre del cerdo dentro del surco y, cuando hubieron terminado, la sabia e Isabel regresaron al pesebre para limpiar el desastre.

Felisa no pudo soportar el asco por aquel líquido marrón que había empapado la tela blanca y se la quitó. El Delgadito la tumbó dentro del círculo, tal y como la sabia le había dicho que hiciera, y la penetró tapándole la boca porque sus chillidos eran más fuertes que los del cochino que habían degollado esa noche.

Horas después, sobre el amanecer en el páramo sobresalía el dibujo de aquel círculo lleno de sangre que no dejó de causar extrañeza entre los pocos que por allí pasaron, pero en cuanto se supo que había una sabia en la Casa Acosta todo el mundo entendió, pensando que para algo serviría, más si la había llevado Isabel Maldonado.

En las semanas siguientes las mujeres del campo estuvieron amasando la tierra varios metros hacia abajo, buscando algo de humedad sobre la que dejar descansar el grano, guardado en sacos desde hacía meses en la bodega de Darío Acosta. Cuando Isabel consideró que la tierra estaba suficientemente arada fue de nuevo hacia el bosque de sabinas y cogió un gran cesto de ramitas pequeñas de cada árbol. A la noche siguiente, cuando ya estaba de vuelta en la casa, las sacó y las dejó a la intemperie, cerca de mis orillas, esperando que el rocío las impregnara con algo de humedad, y al amanecer recogió las ramitas ya mojadas y empezó a desperdigarlas tímidamente en las oquedades cavadas en la tierra. Allí fueron sembradas junto con algunos de los granos, con idea de ayudar en la difícil gestación. Entonces la vida se convirtió en espera.

También ansiaba Isabel el embarazo de Felisa prometido por la sabia, pero esta espera finalizó antes, pues a los pocos días la partera empezó a sangrar. Lo que más le sorprendió fue la reacción de Felisa, que, al ver la cara de decepción de la niña cuando le enseñó las sábanas manchadas aquella misma noche, sonrió con su cara de absorta y acariciándole la mejilla aseguró:

—Habrá que seguir intentándolo.

Sin embargo, Isabel no quiso esperar más tiempo y pronto anunció un falso embarazo. Las mujeres de la Casa Acosta difundieron el rumor de que la dueña esperaba un hijo del difunto Darío, convencidas de que la mentira repetida finalmente se convertiría en verdad.

Felisa se cansó de estar solo con el Delgadito, que le tenía más miedo que deseo, y alternó sus visitas con las de otros desconocidos, buscando concubinos apocados que vinieran y se fueran en una noche. Isabel ideó un plan para crear expediciones desde aldeas más cercanas al bosque con hombres que las ayudasen a construir una acequia desde mi orilla hasta la tierra de cultivo, con ocho canales de campo que llegaran a todas las esquinas. El pozo ya no servía, por eso iban a esquilmar mis aguas, como aquellos médicos que sangraban a los pacientes más débiles.

La sabia había pedido a Isabel que cada vez que tuviese noticia de la muerte de un animal mandara el espíritu hacia el vientre de Felisa. Ella también lo haría, del mismo modo que con cada nacimiento debían atar el cordón umbilical de los bebés a los árboles del bosque y llevar luego a Felisa a que los abrazase.

Tan extraños movimientos hicieron que la cocinera Afrodisia se percatara de las intenciones de Isabel Maldonado de dejar embarazada a Felisa como fuera, y se atrevió a sugerirle, después del episodio de las ramas de sabina impregnadas en rocío, recogerlas en algún recipiente muy plano y bañar también a Felisa con esas gotas. Isabel entendió que aquello no debía hacerlo una niña que todavía no menstruaba, sino una mujer que hubiese parido, y así fue como la cocinera se hizo cómplice del plan de Isabel Maldonado para convertir a Felisa en una mujer fértil. Ella había tenido tres niños, aunque solo le quedaba vivo uno, una pena que llevaba más como fracaso que como pérdida, pues su madre había tenido diez. Afrodisia era la mayor de todos los hermanos, así que había ayudado en la crianza de los pequeños. Por eso aprendió pronto y bien a cocinar, tenía que ingeniárselas para alimentar a esa plebe en una casa donde nunca sobró nada. Sabía cuándo su madre estaba embarazada porque aliñaba tan fuerte los pimientos asados que casi no podía probarlos; el olor a vinagre le traía el recuerdo de las semanas en las que aquellas náuseas constantes apenas dejaban fuerza a su madre para ayudar con todo el trabajo que había en aquella casa.

El único vinagre que se usaba en la Casa Acosta era el de encurtir. Tenían que componérselas para conservar las pocas verduras que conseguían de una manera duradera, aunque a casi nadie le gustaban aquellas berenjenas que hacían llorar, mucho menos a Isabel, que desde pequeña había sido de muy mal comer. Por eso aquella mañana de principios de mayo le extrañó ver a Felisa con uno de los recipientes donde las guardaba en la mano derecha, comiendo berenjenas directamente de dentro, sin servírselas en un plato, con lo fina que ella era, o acompañarlas con otra cosa para menguar aquel sabor tan fuerte. Entonces fue a hablar con Isabel y le preguntó cuánto tiempo hacía que no lavaban los paños manchados de Felisa. Horas más tarde la de los ojos violetas confesó tener todos los síntomas pero no saber con exactitud quién era el padre de la criatura, pues a los contados encuentros que volvió a tener con el Delgadito, se habían sumado en el último mes otros tantos con los jóvenes que estaban cavando las acequias.

Ese día mataron a los cerdos de Isabel. Tal y como estaban las cosas, era imposible dar de beber a cerdos y a humanos. Afrodisia tuvo que convencer a la niña de que los segundos eran más importantes que los primeros, aunque ninguna de las dos estuvo nunca segura de esta elección. Lo bueno es que ahora tenían carne de sobra para alimentar a la embarazada y motivos suficientes para tranquilizar a los asustadizos, que pronto comenzaron a mermar el recuerdo de Darío Acosta. La fertilidad de Felisa no trajo la lluvia, pero la acequia desde la que me sacaban el agua parecía empezar a regar la tierra.

Cuando las hojas de la higuera que había en la puerta de la Casa Acosta se volvieron amarillas Felisa estuvo lista para parir, aunque nunca creyó Isabel Maldonado que aquel parto fuera a ser fácil, las veinte horas que estuvieron asistiéndola le hicieron pensar que la dueña podía llegar a morir en el trance.

No era mujer que aguantara tanto dolor, le decía Afrodisia mientras la niña pensaba que, si había aguantado los palos de Darío Acosta durante años, podría con aquello. Felisa intuyó que su criatura se había enredado el cuello con el cordón umbilical y eso estaba dificultando la salida. Les pasaba a muchos nonatos que se resistían a separarse del cuerpo de la madre para formar uno individual, e Isabel Maldonado mandó deshacer todos los nudos de la casa; soltaron los cordones que sujetaban cortinas y ataban zapatos, quitaron lazadas de vestidos y delantales, y desenredaron los recogidos de sus cabellos. Isabel le deshizo las trenzas a Felisa y los lazos del camisón sudado.

Cuando la parturienta sintió que estaba lista para la expulsión se sentó sin ayuda en su sillón de parto, el mismo en el que habían asistido, ella y su madre y su abuela, a cientos de mujeres; mujeres que habían partido su cuerpo, habían sangrado y gritado, habían arañado la línea que separa la vida y la muerte siendo solo conscientes del dolor y la agonía, y no pudo evitar pensar en aquellas que no habían visto respirar a sus hijos.

La niña Isabel se acercó a Felisa y empezó a ayudarla a empujar abrazándola por la espalda y susurrándole un «yo te voy a liberar» que no dejó de repetir hasta que la cabeza del bebé empezó a asomar y Afrodisia le dijo que se apartara.

Media hora después una niña morena saludaba a la Casa Acosta con llanto débil. Todos en Aljuariz quedaron tan satisfechos con la nueva vida que nadie acertó a calcular que la hija de Darío Acosta nacía catorce meses después de su muerte. Ayudaron en el despiste las mujeres de la casa, que siempre habían sabido serpentear por la imprecisa línea que separa la mentira de la prudencia; por eso nunca lograron entender por qué Felisa se empeñó en llamar a su hija también Isabel.

Pese a que estaba acostumbrada a sus desvaríos, Isabel Maldonado no pudo evitar sentirse agraviada porque una hija de sangre de Felisa llevase el mismo nombre que ella, pero más le preocupaba la mala suerte que aquello pudiera traerle a una de las dos. Entonces Felisa le contestó que Isabel era nombre de bastarda y no quiso pensar la niña qué extraña animadversión guardaría la de los ojos violetas hacia ella y hacia su hija.

Para guardar la tranquilidad de aquella casa de más rumores sobre los inevitables deslices eróticos de su dueña, Isabel Maldonado convenció a Felisa para que la llamase, al menos, Isabel Acosta, dando a entender que el alma de Darío descansaba en paz en el cuerpo de aquella niña y que el orden volvía a aquel lugar. Entonces tuvieron que ser siempre Isabel Maldonado e Isabel Acosta, pero en mis aguas casi siempre oiría, cuando se referían a la pequeña de las dos, hablar de la niña Acosta. De esta manera, Felisa tuvo un momento de lucidez otorgando a la que sería su única hija el poder de aparecer como la dueña legítima de todo aquello, por obra y gracia del espíritu del desgraciado de Darío. Así se lo diría a Isabel para calmar sus supuestos celos, asegurándole que todos lo creerían, pues si hay algo más poderoso que el hombre que ocupa mis laderas es su terror a que el mundo se desordene.

No era cierto que Isabel Maldonado tuviera celos de la nueva Isabel. Ella no podía afrontar las pasiones humanas con la misma naturalidad con que lo hacían las personas comunes, nunca había entendido por qué la tentación de dejarse llevar por lo cotidiano asolaba los pensamientos de hombres y mujeres. Poseía, y por eso la respetaban tanto, una mirada sólida sobre las debilidades humanas que no solo la liberaba de caer en las tentaciones más simples, sino que la hacía ver más allá de lo que podían hacerlo los demás. Muchos empezaban a tenerle un miedo parecido al respeto, que a veces se asociaba con frialdad, otras con timidez y casi siempre con inteligencia. Sin embargo, la inteligencia de Isabel Maldonado no le impedía amar a aquellos a los que sentía cerca y, curiosamente, esa cercanía sí estaba identificada con una pasión que he visto en humanos y animales por igual. Los seres que mueren necesitan rodearse de espejos en los que reflejarse porque a lo que más temen es al olvido de su existencia.

La lealtad a Felisa la llevó a amar a la niña Isabel desde que esta nació, aunque nadie recordaría que Isabel Acosta fuese un bebé que enterneciera. Tenía unos enormes ojos negros que todo lo analizaban, la piel morena y el pelo negro, nada que ver con Felisa, que era más bien clara, aunque sí heredó de su madre una capacidad para escrutarlo todo y a todos con una mirada altiva que parecía convertir el mundo en algo de su propiedad, algo a lo que ella tenía que dar el visto bueno. No sonreía nunca, a no ser que fuese con el sonido de su propia voz, que entonaba constantemente en pequeños chillidos para que los demás la admirasen. Si alguien le hacía alguna carantoña enseguida torcía el gesto, mirando de arriba abajo a quien la estaba interrumpiendo.

Esta niña me da un poco de miedo, le decía Afrodisia a Isabel Maldonado cuando sentía la falta de apego hacia todos con tan pocos meses. Solo se mostraba cariñosa con su madre, que la mimaba como si no fuese humana, algo bonito y delicado que había que tratar con mucho cuidado y admirar como si no existiese nada igual en el mundo. Las mujeres de la casa se sentían en la obligación de dejarle un lugar privilegiado en sus atenciones, pues, al fin y al cabo, algún día sería la dueña y su madre quería que todo el mundo fuese bien consciente de ello. Por eso la diferenciaba con un artificio casi insolente, pero cuando la noche silenciaba la casa el llanto de Isabel Acosta retumbaba en las ondas de mis orillas, como si el mal dormir de la dueña hubiese sido heredado por su hija, y solo Isabel Maldonado era capaz de acunarla para que volviera a dormirse. Pensaba Afrodisia que los niños que duermen mal o tienen un problema de estómago o un problema de amor. «Esa mujer no quiere a su hija y la niña lo nota», decía, pero Isabel sabía que no era falta de amor, sino de coraje.

Felisa prestaba su fuerza y su voluntad a las parturientas. Estas siguieron reclamando su ayuda incluso cuando la de los ojos violetas no había cumplido su propia cuarentena, y casi todas las semanas tenía que salir muy temprano para asistir a las mujeres de las aldeas o ayudar, si había suerte, en un parto en Aljuariz. Otras veces la llamaban incluso de más lejos y debía abandonar a su propia hija para cuidar a las de otras, alejándose una y otra vez en su carromato, con el sillón de parto como única compañía. A su regreso, se pasaba días encerrada en el dormitorio, abrazada a sus infusiones de opio, como si quisiera olvidar todo lo que había visto y sentido. Si no era capaz de alimentarse en condiciones, ¿cómo iba a saber cuidar a un bebé? Por eso a las pocas semanas de nacer tendrían que llamar a un ama de cría para que se instalara con las dos Isabeles en una habitación grande que había en la planta baja. Lo más lejos posible de la dueña, que necesitaba descansar.

Hombres malditos

Casi una década estuvo Pedro Rengel ocupando la casa derruida que había en la orilla opuesta a la Casa Acosta, sin que nadie se percatara ni de su presencia ni de la de sus dos hijos. Aquello fue antes de que Darío Acosta se me muriera en las entrañas, antes de que viniera la sequía, antes incluso de que dejaran en la puerta de la casa a Isabel Maldonado.

Pastores nómadas de mirada oscura, pelo rojo y piel pecosa, los Rengel caminaban durante horas todos los días para llevar a las pocas bestias que tenían a beber a mis aguas, lejos de las orillas donde pudieran ser vistos y escamoteados por su secreta presencia en aquellas tierras.

No lo entendía, con apenas cinco años Pedro hijo le decía a su padre que no entendía por qué tenían que caminar tanto si había un sendero directo al lago que salía de la parte trasera de la casa. Pedro Rengel callaba porque no quería que sus hombres pensaran de él lo cierto, que tenía miedo. Pero miedo por qué, Pedro, se preguntaba a sí mismo durante la caminata, que al fin y al cabo tienes los papeles de esta ruina de casa, que te los dio aquel desgraciado porque se la ganaste limpiamente a las cartas. Y desde cuándo los dueños hacen nada limpiamente, se contestaba para no caer en la tentación de estar un segundo tranquilo, en cualquier momento llegaba la familia y los echaba de allí a patadas, y seguro que se querían quedar las cuatro cabras y las dos ovejas que él había llevado, que eso sí que era suyo, lo demás regalado, porque nadie admite que un vagabundo se quede una casa solo porque juegue a la baraja mejor que un dueño con mal beber. Pero si esa casa no la quiere nadie, Perico, que les cuesta más dinero arreglarla que olvidarse de ella, porque no hay pared entera ni habitación que tape bien el techo, para qué quieren ventanas y puertas. Eso lo vamos a arreglar y va a quedar una casa en condiciones, se contestaba a sí mismo en un diálogo absurdo, y será entonces cuando vengan a quitárnosla. Pues tendrán que matarme para que yo les dé la casa que he construido con mis manos.

Pedro hijo miraba a su padre caminar en silencio, sabiendo que al día siguiente volverían a dar aquella estúpida vuelta, y así pasaban las horas, con los pensamientos de Pedro Rengel tintineando en mis orillas como gotas de miedo y los pies del pequeño Mateo, su hermano menor solo por dieciséis meses, llenos de heridas por las constantes caminatas.

Pronto el cuero de la última cabra muerta estaría seco y podría hacerles unos zapatos nuevos tal y como le había enseñado su padre, Antonio Rengel, pero no les venía mal que los callos empezasen a endurecerse para aliviarles el dolor en la pisada constante, porque eso era lo que ellos hacían, caminar. Caminar siempre, ya fuese huyendo o buscando, para pasear el ganado o para cazar en invierno, para cambiar de lugar porque debían algo o les temían por la mala suerte que traía el color de sus cabellos. Mejor escondidos y con los pies entrenados para moverse por los secos caminos, capaces de ignorar piedras, calor y tormentas. Como cuando viajaba con su padre, más allá de todo lo que podía verse desde El Espejo. Lejos de la memoria de mis aguas, de la mirada de Diana, que después sería la diosa, la diosa virgen y ahora solo la virgen, de la Casa Acosta y de las tierras fértiles que la separaban de Aljuariz. Más allá de las hoces y del río, mucho más que del bosque de sabinas, donde el sonido de los hombres se me vuelve difuso y lento.

Recordaba Pedro Rengel el único objeto que había heredado de su padre, una bolsa de piel de camello que según él le había ganado a un extranjero, un hombre que no hablaba su idioma, si es que Antonio Rengel hablaba alguno. Pedro no recordaba haberle oído decir más de veinte frases distintas, las mismas que ahora él repetía a sus hijos. Tenían que ver con las huidas, con la experiencia de haber sido expulsados, a veces incluso golpeados, por el color de su pelo. Todo lo hacían por imitación u observación del patriarca, evitando que las pocas palabras que dominaban alterasen la compañía del silencio, el cuarto miembro de aquella familia de espíritu mutilado. Siempre buscaban un lugar donde el olor de la piel mal curada fuese lo único por lo que llamasen la atención. Varias veces a lo largo de su vida lo habían conseguido, un par con su padre y otra cuando conoció a la madre de sus dos hijos. Las veces que estuvo asentado con Antonio Rengel en algún pueblo había intentado aprender a leer, aunque a escondidas. Si el viejo se enteraba cogía uno de los cinturones con los que abrochaba la bolsa de cuero y le daba veinte veces con él en la espalda desnuda. Todavía tenía las marcas, ya cicatrizadas, de aquellos castigos. La primera vez que su mujer las vio, las besó una a una como queriendo hacer que desaparecieran con sus labios. Recordaba muy a menudo aquellos besos sanadores después de tanto dolor escondido. Llorar con el castigo era peor a que te pillaran leyendo; eso los hombres no, hijo. Eso no. Entonces le pedía a su mujer que parase, y elevaba el tono con vehemencia hasta convertir lo agradable en desagradable, aprendizaje atávico de ese miedo llamado hombre: nunca te relajes.

Se hicieron pastores porque le ganaron cinco cabras a un desgraciado que luego les acusó de portar la mala suerte. Días más tarde un rayo destruyó el granero de uno de los vecinos y esa misma noche se fueron en medio de la tormenta, con la ganancia del juego, porque sabían que a la mañana siguiente irían a por ellos y que antes de echarles les darían una paliza, aunque eso no era lo peor, lo peor era que podían quitarles las cabras, así que su padre le pidió que se adelantara él por un monte sin camino, ayudando a los animales a serpentear entre peñascos y matorrales, que caminara hacia el sur preguntando siempre por el camino hacia la mar. Antonio Rengel daría un rodeo para distraer a los que quisieran perseguirles, que las cabras quedaran a salvo, cosa que no ocurrió con él. Pedro nunca vio a Antonio Rengel muerto, pero tampoco volvió a aparecer delante de sus ojos. Y cuando se cansó de esperarle siguió camino hacia la costa pensando, como le había dicho alguna vez su padre, que donde nunca sobran manos es en la pesca. Y allí encontró un barco en el que trabajar y una mujer con la que tener hijos.

Despertaba ahora Pedro Rengel de los recuerdos que le distraían, deseando que llegase una tormenta como la de la noche que vio a su padre por última vez, que algo limpiase aquel cielo impenetrable que se unía en el horizonte con el color ocre de la tierra. Tal vez con el aire limpio su memoria lograse escapar de aquella prisión de insomnio en la que vivía desde hacía años, desde que la familia de su mujer los echó de su propia casa. Ella escondida detrás de la puerta y el padre que se fuera, que él y sus hijos eran la ruina de su flota. Barco que él pisaba, barco que no pescaba. Eso le dijeron, y de ella no se oyó una palabra contraria para defender, no a él, sino a lo que había salido de sus entrañas.

Y se llevó a Mateo en un capazo y a Pedro hijo caminando a pasos cortos, sin más posesión que la maleta de su padre y algunos cabritillos que habían nacido ese año, fruto de aquellas que había ganado su padre a las cartas. Entonces empezó a hacer lo único que le habían enseñado desde pequeño, vagabundear por caminos y aldeas, jugando a la baraja, durmiendo casi siempre a la intemperie, criando a los niños como a las cabras. Hasta que le ganó aquella tierra seca y abandonada al hijo de un prelado cuyo nombre prohibió pronunciar en su casa, y que ni siquiera sabía que por allí cerca había tierras de cultivo y un pueblo llamado Aljuariz; una choza que aquel hombre nunca quiso, en una loma ni cerca ni lejos de un lago, con las paredes derruidas y las puertas deshechas.

Los años fueron pasando sin que el silencio diera descanso a la mente de Pedro Rengel, mientras la choza se transformaba en una casa con paredes de adobe completas, con habitaciones y techo por los que no se colaba el agua ni el relente de la madrugada. Las cinco cabras y dos ovejas se habían convertido en dos rebaños que no cabían en ninguna de las habitaciones. Tenían su propio establo con pesebres, paja y bebederos dentro y fuera, pero el sueño sereno no llegaba, menos desde aquella sequía que traía rumores de mala suerte a la aldea y a El Espejo.

Más tranquilo se quedó cuando uno de los buhoneros que por allí pasaban de vez en cuando le trajo la noticia de que la mala suerte venía de la Casa Acosta. Le puso una taza de hojalata que él mismo le había vendido con un poco de vino y queso de cabra y este le dio detalle de la muerte de Darío, de las sabidurías de Isabel Maldonado y del nacimiento de la niña Acosta.

Alivió a Pedro Rengel estar sentado detrás de la mesa que había al lado de la lumbre, donde cocinaban, cuando al nombrar el buhonero a Felisa le sobrevino una media erección que pudo disimular con otros pensamientos menos amables que los que la de los ojos violetas le solía provocar. No era mal hombre Darío Acosta, dijo y pensó. Tampoco bueno. Le había vendido un par de armas para cazar y protegerse hacía algunos años, cuando el rebaño empezó a ser más grande y tuvieron que sacarlo de la casa. No sabía realmente Pedro Rengel qué era un hombre bueno o un hombre malo, pero aquella fue la primera vez que hacía negocios con alguien que no lo miraba como si fuese un animal dañino, y eso sí podía agradecerlo.

Muchas noches había recordado el pelirrojo a Felisa, sentada en el porche con un vestido claro, mirándole fijamente con la labor en las manos y cara de miedo, como le miraban siempre las mujeres, mientras él se despedía de Darío Acosta. Felisa llevaba una cadena muy larga colgada del cuello, le daba varias vueltas y todavía sobraba para que el hilo plateado se balanceara hasta donde debía estar el ombligo. Pedro Rengel imaginaba a Felisa sentada en su cama, antes de ir a dormir, dando vueltas a aquella cadena para quitársela, veía su cabeza moviéndose en círculo para ayudar en el desenlace y se extasiaba pensando en la nuca que no había visto nunca, en su cara, en el vestido impoluto que parecía de humo, labios delgados en su espalda.

Nunca pensó Pedro Rengel que podría estar realmente con ella, pero la noticia de la muerte de Darío encendió una idea insólita en su pensamiento, aquella noche dejó el rebaño fuera del establo y ordenó a Pedro hijo que hiciera guardia, más por miedo a los lobos que a los hombres. Al día siguiente la haría Mateo y al otro él mismo, así hasta que alguien cercano a la Casa Acosta pasara por allí y lo viera, pues sabían en las aldeas que cuando un hombre dejaba el rebaño fuera era signo de que buscaba esposa.

La cuarta noche, cuando Pedro hijo volvía a hacer guardia apoyando la espalda en la pared que había junto al bebedero, justo como le había dicho su padre que no hiciera porque podía quedarse dormido, una breve brisa llegó desde el cielo y espabiló al niño del letargo en el que la noche tranquila lo mecía. Pedro hijo decidió encender una lámpara para no quedarse dormido, pese a que su padre se lo había prohibido, pero la brisa se convirtió en viento y apagó la llama que acababa de posarse débil sobre el aceite. Enseguida oyó los cencerros de las cabras que empezaron a despertar inquietas por aquel silbido que descendía desde el cielo y chocaba con la tierra formando pequeños remolinos aquí y allá. Nunca había sentido Pedro hijo un rayo, por eso se estremeció hasta el punto de provocarle retortijones cuando vio el cielo de la noche partirse en pedazos por culpa de aquella franja brillante, látigo incandescente de demiurgo. Uno muy grande que le pareció tener la forma del esqueleto de las salamandras con las que jugaban en mis orillas, se perdió más allá de El Espejo de Diana, iluminando lo que su padre llamaba la Casa Acosta y adonde nunca le dejaban acercarse. A los pocos segundos vio cómo aquel sitio comenzaba a arder y no pudo evitar seguir con la mirada el camino que la salamandra había trazado en el cielo, como si de su boca hubiese salido una llama que ahora incendiaba aquella tierra. Gritó fuego varias veces y empezó a bajar la loma por el camino directo que le llevaba a mí, bordeándome por la orilla donde Darío Acosta se había suicidado. Escuchó Pedro Rengel entre sueños los gritos de su hijo, que ya se perdía en la noche, como atraído por una fuerza que le impidiera detenerse ante la llamada de su padre, y acertó a ponerse una camisa encima para no ir desnudo a la casa de Felisa, pero sin tiempo para guardar el rebaño.

No les hizo falta llegar hasta el establo donde había caído el rayo e incendiado lo poco que allí había, pues desde que Isabel Maldonado matara los cerdos solo se usaba para guardar la carne curada. No les hizo falta porque desde lejos se veía a las mujeres de la Casa Acosta desfilar con cubos de agua sacada con mucho esfuerzo del pozo y de mis propias orillas, intentando que el fuego no se extendiera más allá de aquellas cuatro maderas. No le pareció a Pedro hijo que aquello estuviera funcionando, pero tampoco se le ocurrió nada más que coger un cubo, meterse en aquella cadena y ayudar. Lo mismo hicieron su padre y su hermano cuando llegaron, pero por mucho que me robaran el agua aquella noche el viento no amainaba.

El sonido de los relámpagos se perdió más allá de las aldeas y una lluvia fina empezó a empapar el cuerpo de todos los que se habían reunido entre el incendio y mis orillas. Isabel Maldonado acarició su cabello negro y fino con la palma de la mano para apretar el agua reparadora. Muchas inclinaron la cabeza mirando al cielo, con los ojos cerrados y la boca abierta para que la lluvia entrara directamente en su garganta. Pedro Rengel, nervioso porque las mujeres habían quedado extasiadas con la caída del agua sobre sus cuerpos, empezó a exhortarlas para que siguieran trabajando. La voz del pelirrojo interrumpió el ensimismamiento de Isabel Maldonado. ¿Por qué aquel hombre daba órdenes a las mujeres de la casa? No hacía falta que ningún hombre ayudara, pensó, e inmediatamente recordó que habían dejado a Isabel Acosta sola. Corrió hacia su dormitorio y la encontró llorando, con miedo por el ruido de fuera y la oscuridad de dentro. Fue a cogerla en brazos y un pensamiento la interrumpió.

Lloraba la niña Acosta con voz aguda y disparatada insistencia, mientras Isabel Maldonado permanecía paralizada delante de la ventana del dormitorio. No debían apagar el fuego provocado por el rayo, si lo hacían, la lluvia se iría de nuevo y jamás saldrían de la sequía.

Cuando quiso darse cuenta, la niña que sacara de la cuna se le había escapado y gateaba sin tiento hacia las llamas. Salió tras ella y, mientras la levantaba en vuelo, comenzó a gritar a todas que dejaran los cubos, que no gastaran más agua. Pedro Rengel, desconcertado por la obediencia con la que reaccionaban aquellas mujeres a los mandatos de quien era apenas una niña, se dirigió hacia Felisa para que ordenase lo contrario. Sin embargo, durante todo ese tiempo la de los ojos violetas había permanecido hipnotizada frente al fuego, sin miedo ni rechazo hacia él, como si algo dentro de las llamas imantara su mente y su cuerpo, y cuando sintió al pelirrojo zarandearla para que despertara de aquel naufragio mental en el que estaba sumida, lo miró como si fuera una llama más que venía a llevársela, levantó la mano despacio y con los dedos alargados le tocó el cabello creyendo que había sido engendrado por el incendio. Pedro Rengel quedó inmovilizado por el gesto y olvidó la voz de Isabel Maldonado, que pedía una pala para recoger algunas ascuas del fuego originado por el rayo y llevarlas a la cocina, donde deberían arder siempre.

Después hubo una gran tormenta y el fuego se convirtió en humo. El agua empezó a inundar mi superficie, mis orillas crecieron y el fango de mi fondo se licuó borrando huellas de otros pasados. Se llenaron pozos, la tierra descansó de la aridez y cuando a los treinta días escampó, se hallaron conglomerados de arena formados por la caída de otros rayos que los hombres más jóvenes fueron a buscar por orden de Isabel

Maldonado, que aseguraba que aquella tierra era un talismán para el amor.

Menos amable fue lo que encontró ese mismo día Pedro Rengel en su casa, pues algún relámpago acertó a darle a uno de los cabritillos, que yacía muerto en una esquina del cercado, abandonado por el resto del rebaño. Entonces pensó que podía convertir aquella desgracia en ventaja y mandó de nuevo a Pedro hijo a la casa con el cabritillo para que Felisa y la niña Acosta disfrutaran de la carne tierna.

Lo recibió Isabel Maldonado y le preguntó si lo había matado un rayo. Cuando el niño contestó que sí Isabel le dio las gracias de parte de Felisa y se llevó al animal a la cocina. A Afrodisia se le iluminó la cara cuando vio lo que no cocinaba desde hacía años, pero Isabel le dijo que eso no podía ser y cuando estuvo segura de que el hijo mayor de Pedro Rengel estaba bien lejos, cogió el cabritillo y lo llevó al bosque de sabinas para que allí se uniera a la tierra.

—No puede comerse la carne de un animal fulminado por un rayo —le dijo a Afrodisia al día siguiente, cuando estaba de regreso.

Y la cocinera calló y avivó el fuego pensando que, si bien era una pena desperdiciar aquella carne, tampoco haría daño hacer caso a Isabel, que pocas veces se equivocaba.

Siguió lloviendo de manera intermitente durante algún tiempo y aquella primavera las mujeres de la Casa Acosta empezaron a reconstruir el establo con madera nueva. Después de mucho pensarlo, Isabel Maldonado decidió acercarse también a casa de los Rengel para prevenirles del rayo que había matado a su cabritillo, era mejor que cercase aquel lugar para que los animales no comisquearan por allí. El pelirrojo le explicó que eso ya era un cercado y que era imposible construir otro, pensando que la niña estaba más loca que Felisa.

A Pedro Rengel Isabel Maldonado siempre le dio más miedo que respeto, pero consintió que ese día Pedro hijo y Mateo fueran con ella y con la niña Acosta a buscar cangrejos en mi orilla. Dieron casi media vuelta a El Espejo hasta que Isabel Maldonado dijo aquí, donde el agua se había retirado, pero la tierra todavía estaba húmeda y empezaron a buscarlos con sus propias manos mientras Isabel Acosta, que no tenía todavía los dos años, sujetaba un cubo donde debían descansar los bichos que le llevarían a Afrodisia para cocinarlos. Cuando apareció el primero Mateo se separó un poco de ellos; era negro y alargado, con el caparazón duro y las finas patas serpenteantes. Los observó con miedo y pensó que no sabía cómo se podía comer aquello. Pero Pedro hijo gritó aquí hay muchos y todos empezaron a hundir las manos en la tierra para meter en el cubo que llevaban los cangrejos, que salieron por decenas. De camino a la Casa Acosta Isabel les contó que al comienzo de los tiempos un hombre aprendió el secreto de la magia de un cangrejo rojo, el hombre mató al cangrejo después de haberle arrancado su secreto, por eso aquellos eran negros, aunque seguían muriendo lentamente, porque fueron en otro momento dueños de la vida y de la muerte.

Los niños miraban cómo las palabras salían con tanta facilidad de la boca de Isabel Maldonado y sentían que no querían separarse de ella. Conocía Isabel el poder de las pocas personas que en la aldea sabían contar cuentos y aprendía de ellas para conseguir el cariño de muchos, especialmente de los que le tenían algo de miedo. No era el rojo algo tan malo como les había contado siempre su padre, previniéndoles sobre el miedo que todo el mundo tenía al color de sus cabellos. No era tan malo, pensaba Pedro hijo, si era el color que escondía los secretos de la magia, aunque tal vez por eso la gente normal les temía.

Es mejor dar miedo que dar pena, le diría alguna vez a su padre, intentando recomponer la suspicacia con la que el progenitor se movía por el mundo y animándolo a casarse con Felisa para conseguir pozo, tierra y lago, aunque él pensaba en la casa, en la cocina y en todas aquellas mujeres que trabajaban día y noche para que el mundo siguiera en orden. Desde ese día Pedro hijo se convencería de que todo lo que había fuera de aquella casa era caos. El hogar estaba donde estaban la cocina de Afrodisia, los cuentos de Isabel, la habitación donde Felisa miraba por la ventana, los pasillos por los que se deslizaba la niña Acosta.

Temblaba el agua en mi interior queriendo desoír las palabras de los hombres, esas y muchas otras sobre la tierra y la propiedad que se empeñaban en repetir como si fueran ciertas. Y finalmente lo fueron, porque Pedro Rengel convenció a Felisa para que se casara con él e Isabel Maldonado no lo impidió, pensando que podría con aquellos pastores débiles, y que era bueno que hubiera hombres en la casa para que todos en las aldeas estuvieran más tranquilos.

Corazón de lobo

Cuando los hombres llegaron yo ya estaba allí. Otros excavaron la tierra cerca de los templos de sus dioses y de las orillas donde las mujeres bailaban para celebrar el paso de las estaciones, pues habían descubierto que los ciclos podían hacerles inmortales. Cavaban buscando la fertilidad y los pozos se convertían en el lugar de la imaginación exaltada.

Pero yo soy el ojo desde el cual el mundo subterráneo puede enumerar las estrellas y las copas de los árboles, las nubes y los pájaros. Un ojo quc ha llorado demasiado, cielo líquido donde el sol se esconde y emprende la travesía nocturna. Algunos me cruzaron para emular ese camino del sol, otros arrojaron monedas y objetos valiosos pensando que en mis profundidades moraban los dioses. Las ilusiones del hombre nunca fueron dañinas para mí, porque esta masa de agua era venerada como un hecho constante de la creación. A mí no me hizo ningún hombre, pero me estaba deshaciendo con aquella enorme acequia que inventó Isabel Maldonado y que Pedro Rengel se encargó de multiplicar en ramificaciones que se extendieron mucho más allá de las tierras que en su día compró Darío Acosta, hasta llegar a las tierras comunales de Aljuariz y las aldeas, las que trabajaban las mujeres llamadas Madres de la Tierra.

Desde el establo que quemara el rayo hasta la aldea había un desnivel cada vez mayor que propiciaba un riego efectivo para el grano y nefasto para mis aguas. Apenas me dejaron descansar de las últimas lluvias cuando ya esquilmaban mis reservas en beneficio de una tierra que pasó de baldía a fecunda en doce lunas, y cuando las Pléyades empezaron a huir de Orión las mujeres volvieron a abrir con azadones la tierra para cultivarla, avanzando a pasitos cortos y levantando con ellos terrones bien partidos. Algunas llevaban a sus bebés encima, atados en paños al pecho o a la espalda, y a los que ya podían andar, les daban el grano para que fueran sus manos limpias de entredichos las que animaran a la germinación. Ellas las esparcían con menos miramiento.

En El Espejo siempre araron las mujeres, trabajaban las tierras de Darío Acosta, que ahora eran las de los Rengel, para poder quedarse con una parte de los cultivos, aunque pasaban más tiempo en las comunales por resultarles más beneficiosas. Isabel Maldonado decía que si ellas sabían concebir y parir hijos, serían las que mejor extraerían el fruto. Los hombres tenían la tarea de desyerbar las tierras nuevas, labor complicada pues era preciso desmontar la maleza y limpiar piedras y árboles, a los que había que prender fuego para que se movieran las raíces, y también ayudaban en la recolecta, pero el trabajo duro y constante era el de las Madres de la Tierra. Así las llamaban las sabias desde siempre, inoculando poco a poco en las aldeas la idea de que ellas tenían preferencia sobre la comida, si ellos querían algún favor tendrían que salir a pescar a mis aguas o a cazar cerca del bosque de sabinas, pues los Rengel habían creado algunas cuadrillas de hombres, antiguos trabajadores de Darío Acosta y otros más jóvenes, que tenían como única labor asegurarse de que nadie tuviese ganado en la zona más que ellos mismos.

Crecían Mateo y Pedro hijo con el mismo pelo rojo que su padre, el mayor fuerte y espigado y el menor con miedo hasta de respirar. Cuando no hacían más que caminar de una tierra a otra con el ganado, sin techo fijo bajo el que dormir, ya notó Pedro Rengel la diferencia tan grande que habría siempre entre sus dos hijos. Todavía no sabía Mateo si tenía sueño o hambre, si quería correr o parar, beber o mear, cuando Pedro hijo manejaba el ganado como el mejor perro guardián que jamás tuvieran, aprendía a encender el fuego solo con mirar a su padre y a despellejar las cabras viejas para curar el valioso cuero.

—¡A ver si eres capaz de ordeñarlas sin derramar nada! —le gritaba a su hermano, consciente de su descuello y aprovechándose de sus miedos para doblegarlo un poco más.

Lo que más le irritaba era el tabú hacia su pelo, pues el coraje de verse medio dueño de una tierra fértil y de una casa con tantas mujeres había convertido la aprensión heredada poco menos que en orgullo, maravillando con su actitud a su propio padre, que todavía continuaba atento y preocupado por el miedo que en la aldea no dejaban de tenerles.

—Que nos teman y mucho —les decía Pedro hijo, y los otros agachaban la cabeza, dudando más de las palabras que del arrojo que las provocaba.

Cuando fueron mayores para manejar las armas, Pedro Rengel se los llevó de caza, dejando el ganado por primera vez a cargo de algunos hombres de su confianza. Teniendo un corzo delante con cornamenta de seis puntas, a Mateo le sudaban tanto las manos que resbalaron sobre el arco y desacertó el tiro, pese a que le había prometido a su padre que si le dejaba disparar primero no se arrepentiría. Después de aquello lo devolvieron a pastorear y fue Pedro hijo el que se hizo maestro de la caza, tanto que con el tiempo pudo comprar él mismo un caballo cuya madre, decían en la aldea, debía haber sido preñada por una ráfaga, pues era el animal más rápido que jamás habían visto. Eligió un alazán por anunciar a todos el color del cabello de quien lo montaba, y así lo llamó para que nadie lo olvidara.

Un atardecer en que Mateo regresaba para guardar el ganado sintió que unos lobos les seguían y salió corriendo hacia la casa pidiendo ayuda. Pedro hijo colgó el arco a su hombro, montó a Alazán y encendió una antorcha que llevó todo el tiempo en la mano. Cuando llegó al lugar vio que los lobos ya habían matado a dos de los tres perros con los que Mateo guardaba el rebaño, bajó sin pensarlo y empezó a ahuyentarlos con el fuego. Llegaban Pedro Rengel y Mateo, Isabel Maldonado y algunos hombres y mujeres de la Casa Acosta con el resuello de la carrera, cuando vieron a Pedro hijo defendiendo a las ovejas de los lobos con una antorcha cada vez más apagada. La soltó rápido en el suelo y acertó a colocar hasta tres flechas sobre su arco, tan rápido que el primer disparo salió a menos de dos metros del jefe de la manada. Entonces se achantaron las fieras, pero el cazador siguió disparando y, aunque los animales empezaron a correr, la luna redonda y ambarina favoreció la puntería.

Mató Pedro hijo a todos los lobos y la gente en las aldeas empezó a decir que no era humano y a temerle con respeto, que era lo que él deseaba. Esa noche Mateo no conciliaría el sueño recordando la cara encendida de su hermano, que si hubiese abierto la boca habría enseñado unas fauces más afiladas que las de los lobos, y le despertaron varias veces las pesadillas de Pedro convirtiéndose en un monstruo con toda la piel roja, un monstruo que terminaría devorando lo bueno que allí estaban construyendo. Cuanto más fuerte se hacía su hermano, más convencido estaba el pequeño de los Rengel de su condición de malditos, pues si su propia madre les había rechazado, era imposible que no acabaran siendo expulsados por Felisa o por cualquiera de las mujeres con poder que estaba engendrando la Casa Acosta, incapaces de entender, unas y otra, lo que aquel matrimonio significaba realmente.

Serpenteó bien Isabel Maldonado en torno a la presencia de aquellos hombres después del matrimonio de Pedro Rengel con Felisa. Conocía la creencia que ocupaba los malos sueños de los pelirrojos sobre la mala suerte que portaban, y entendió por qué Pedro Rengel dudó durante mucho tiempo sobre la pertinencia de tener un hijo con Felisa, pues otra madre le había rechazado a los dos que llevaba consigo. No era difícil dormir en una habitación distinta a la de su mujer, así lo hacía también Darío Acosta, pero la de los ojos violetas, deslumbrada por la exótica apariencia de aquel hombre nuevo y propensa como había sido siempre a excitarse o encapricharse por lo que no había probado, cruzaba la casa de madrugada con los pies descalzos y la melena suelta y se metía en la cama de Pedro Rengel, se quitaba el camisón y le susurraba un abrázame, marido, que lo despertaba ya encendido. Casi siempre intentaba zafarse por miedo a traer otro niño pelirrojo, pero también porque le abrumaba la insistencia. Pronto aprendió que era peor resistirse, pues Felisa le cogía la mano y hacía que le tocase la vulva húmeda, provocando una erección inmediata. Los desvelos de Pedro y de Isabel Maldonado sobre el posible hijo que trajera aquella unión eran algo que no preocupaba a Felisa en absoluto, pues, así como desconocía la manera que tenían las sabias de hacer concebir a las mujeres, más que la que la naturaleza mandaba, desde bien niña había aprendido cómo evitar embarazos, que para algo era médica en la ciencia de hembra.

El mandato tácito de Isabel Maldonado sobre toda la casa se iba haciendo más incontestable a medida que la niña se convertía en mujer, y Pedro hijo se encargaba de retratárselo al padre cada vez que la autoridad de su palabra o su criterio se veía interrumpida por sentencias que provenían de la cocina y que eran repetidas por las mujeres, las que trabajaban en la casa y también las Madres de la Tierra.

Cuando las semillas dieron su fruto y la imagen de los pelirrojos se vio suavizada por la prosperidad que aquel matrimonio había traído, empezó a amainar el miedo a ser repudiados y germinó en la cabeza de Pedro Rengel la idea de tener una prueba que firmase su autoridad en aquel lugar. Para entonces ya había pasado algún tiempo y, como era de esperar, Felisa tenía puesto el interés en otro hombre; ahora era él el que tenía que perseguirla sin saber que aquella insistencia nunca traería una nueva vida.

Lo que sí trajo el grano fue un molino de piedra que hizo crecer la población de la aldea y la bolsa de la Casa Acosta. Isabel Maldonado le pidió a Felisa que bordara sábanas y manteles para que la niña Acosta aprendiera cómo se hacía y se alejara de la cocina, donde prácticamente se pasaba la vida pegada a su falda y a la de Afrodisia, y así lo hizo la dueña, encantada de que le pidieran algo que no fuera batirse con la de la guadaña en otro parto imprevisible.

Cuando terminó la primera mantelería bajo la mirada atenta de su hija, quiso que siguiera aprendiendo y empezó a coser unas cortinas con vainica y encajes para los paños de aparadores y relojes. Fue entonces cuando se dio cuenta Felisa de que, después de la muerte de Darío, Isabel Maldonado había tenido que vender los mejores muebles de la casa. Los hicieron nuevos, de caoba y a medida, también las habitaciones completas de Pedro Rengel, Pedro hijo y Mateo, quedando los jóvenes extasiados ante el color espeso y reluciente del barniz y el marido cada vez más confundido porque su mujer dispusiese del dinero de aquella manera, sin consulta ni sosiego.

Retumbaba en mis aguas la enmarañada incertidumbre de aquel hombre ignorante, pensamientos que se difuminaban en las ondas que marcaba el agua con la risa de Isabel Acosta cuando venía a jugar con los demás en los días de descanso. Las Madres de la Tierra descansaban un día a la semana y todos los demás en Aljuariz hacían lo propio, entonces Isabel Acosta convencía a los Rengel y a Isabel Maldonado para que jugaran con ella en el lago. La alegría de la niña por verse centro de las miradas la convertía en una líder consentida, organizaba los juegos según sus normas y los cambiaba si en algún momento empezaba a perder la atención de los demás. Ninguno de los otros tres tenía ganas de discutir con ella por superarla bastante en edad, pero también por la insistencia con la que les daba órdenes para que hicieran esto o aquello. La que menos caso le hacía era Isabel Maldonado, pero permanecía con ellos asombrada por la facilidad con que se había ganado la niña no a Mateo, que era bastante manipulable, sino al salvaje de Pedro hijo, sobre el que Isabel Acosta parecía ejercer un extraño poder, motivado, seguramente, por la seguridad que le daba a Pedro alguien tan pequeño, tan indefenso, y que a la vez demostraba la actitud precipitada y sin miramiento de quien se considera privilegiado.

—Esta niña nunca mira si tiene la silla detrás del culo —le decía Afrodisia a Isabel cuando la veía moverse por la casa como si fuese dueña hasta de las estrellas.

Pensaba la cocinera que había dos tipos de personas, las que miran si está la silla antes de sentarse y las que no. Las únicas que no lo hacían en la Casa Acosta eran Felisa y su hija, pero la primera actuaba de esa manera por ensimismamiento, y la niña Acosta porque estaba convencida de que siempre habría alguien preocupado porque no se cayese al suelo. En cualquier caso, pensaba Isabel Maldonado, no había mucha diferencia entre una y otra, al menos para ella, que las tenía que cuidar y hacérselo todo a las dos por igual. Al menos la pequeña tenía la excusa de la edad, aunque cuando cumplió los nueve años y todavía no sabía ni comer ni bañarse ni peinarse sola, empezó a plantearse los inconvenientes de una dependencia que podía atraer desgracias. Por eso le reconfortaba que los Rengel jugasen con ella, lo habían hecho desde que llegaron y ahora que ya eran casi hombres lo seguían haciendo con más nostalgia que diversión.

Nunca había pensado Isabel Maldonado hasta entonces que su relación con la naturaleza y con lo invisible estaba unida a la ausencia de juegos que hubo en su infancia, tal vez si hubiera tenido ocasión para inventar un mundo imaginario y ordenarlo en función de su lugar en él, como hacía ahora Isabel Acosta, habría estado más unida a lo mundano y sus noches tendrían un sueño más fácil, aunque tampoco tenía garantía de que aquellos ensayos de la vida fueran a convertir a Isabel Acosta en un alma tranquila.

Al principio inventaba cosas sencillas, pintaban rayuelas en mis orillas, tiraban piedras para que saltasen como las ranas que fascinaban a Mateo, imitaban a los pescadores que venían a por mis percas después de la temporada de cría, y cuando empezaron a cazar, se imitaban a ellos mismos, pero cambiando las armas por palos que encontraban en el campo y que también llevaban las Isabeles, formando toda una expedición que cazaba animales inventados, con colmillos de varios metros y colores insólitos. A Mateo le causaba un alivio extraño salir de la opresiva realidad a la que le sometían los trabajos diarios, también él pensaba que, si hubiese jugado más tiempo a cazar antes de cazar de verdad, su puntería y sus nervios habrían sido más templados.

A medida que la niña Acosta crecía los juegos empezaron a derivar en muñecas convertidas en hijos de toda la familia, por supuesto, ella era la madre y Pedro hijo el padre, Mateo era el hermanito e Isabel Maldonado la abuela, y cuando la familia estuvo compuesta y recompuesta, empezaron a imitar a las Madres de la Tierra, araban, sembraban y rogaban para que no volviese a ocurrir una sequía tan grande como la de hacía años, cuando hasta El Espejo de Diana empezó a secarse. Como Isabel Acosta solo recordaba aquella época por lo que le habían contado, necesitaba reconstruir el drama adjudicando el papel de rayo a Isabel Maldonado, el de fuego a Pedro hijo, el de sequía a Mateo Rengel y el de lluvia sanadora y curadora de todos los males a ella misma. Reían imitando voces y siguiéndole la corriente a la más pequeña de todos hasta que una tarde de otoño en la que repetían el juego, Isabel Maldonado pensó que debían ofrecerme algo por estar robándome el agua que me habían dado las lluvias, para que estas trajeran otras nuevas y no me volviera a secar, y alargó el juego diciendo que había que organizar una fiesta en honor del lago que nos cuidaba y atendía. Preguntaron a otros niños de la aldea qué instrumentos había en su casa de otras celebraciones que se hacían en verano y primavera, como la fiesta de la Novia de Mayo, y consiguieron algunas flautas y tambores. A esos niños y a muchos otros invitaron a la festividad en honor de El Espejo de Diana y durante unos días estuvieron preparando coronas de hojas y flores. Los palos que hacían de arcos en los juegos de caza eran ahora tirsos con los que golpear la tierra para despertarla y que celebrara con ellos. Felisa les dejó cintas de colores que las niñas ataron a sus melenas y Pedro hijo sacó una barrica de diez litros de vino que su padre guardaba en la despensa. No todos bebieron, pero los que lo hicieron aguantaron hasta la noche y Afrodisia repartió pan y queso entre los sonámbulos, que siguieron haciendo juego y música hasta la madrugada. Cuando el cansancio doblegó los cuerpos adolescentes, se sentaron en torno a la hoguera que habían encendido unas horas antes e Isabel Maldonado empezó a contar cuentos como el de Blancaflor, la hija del diablo, que ayudó al hijo del príncipe a engañar a su padre porque estaba enamorada de él y este se lo pagó con el olvido.

Antes de que amaneciera todos dormían alrededor de las ascuas, todos menos Pedro hijo, que, viéndolos tan tranquilos, quiso gastarles una broma y fue hasta el salón donde su padre había colgado uno de sus trofeos de caza, los cuernos de aquel corzo de seis puntas que su hermano Mateo ahuyentara y que él persiguió hasta matar. Lo descolgaron entre unos cuantos y lo llevaron hasta el lago, haciendo que otros niños lo sujetaran mientras él bailaba a su alrededor dando bramidos para que todos despertaran. Algunos se asustaron, pero otros empezaron a reír y le siguieron el juego cogiendo los tirsos de yedra y haciendo sonar de nuevo los instrumentos.

Tanto jaleo se armó que despertaron a los de la casa. Felisa se dejó ver en el balcón sin dejar de observar el comportamiento extraño de aquellos niños entre los que estaba su hija. No le gustaba nada que la niña hiciera esas tonterías, recordaba fiestas parecidas en otros lugares por los que había pasado en algún momento de su vida, y como los protagonistas fueron luego acusados de herejes y de brujería, pues a los hombres de la Iglesia no les gustaban esos ritos, y habían aprendido a confundir, muy convenientemente, a Diana con el demonio. No pudo ocultar su cara de reprobación mientras intentaba distinguir la de aquel cuerpo danzante con cuernos que parecía berrear como un animal en celo y en torno al que se contorsionaban muchos otros. También salió a su balcón

Pedro Rengel, que sí distinguió a su hijo y quiso bajar a recriminarle que llamara la atención de esa manera, ¿quería señalarse aún más? Sí, seguro que eso era lo que quería, y derrotado por la entereza de su primogénito se dio la vuelta y volvió a entrar en la habitación, sin fuerzas para seguir mirándolo.

Pero la que menos jaleó el comportamiento de Pedro hijo fue la niña Acosta, aunque al principio rio y tocó las palmas como los demás, poco a poco fue cayendo en una especie de trance, un sofoco provocado por una mezcla de envidia porque Pedro hijo fuera el centro de atención y deseo por el hombre en el que se estaba convirtiendo, lleno de fuerza y energía, que bailaba medio desnudo para todos como si fuera un ser superior. Isabel Acosta empezó a sentir en el estómago una opresión que le sacudía hasta el pecho. Deseaba abalanzarse sobre él, subirse a su lomo y atar su cuerpo con sus piernas desnudas en frenético baile, pero no podía hacer eso, tan solo podía seguir sintiendo calor. Sin pensarlo demasiado se quitó la ropa mientras se acercaba a mis orillas, e introdujo su cuerpo en el agua helada de aquella mañana de otoño. La buena o la mala suerte atrajo hacia su nado a una familia de culebras que, intrigadas por el sonido del chapoteo, salieron de entre unos matorrales.

Miraban bien las lavanderas que no hubiese de esas culebras cuando venían con la ropa sucia porque todos sabían en las aldeas que su veneno era muy doloroso. Por eso cuando Isabel Maldonado oyó a un niño gritar porque las bichas rodeaban a la niña Acosta en el agua, mandó a un grupo que por allí estaba a la cocina, para que Afrodisia preparara el *Arum dracunculus* para las mordeduras.

Todos se acercaron, pero en el agua solo entró Pedro hijo, que, con el gesto nervioso, estuvo dudando si meterse del todo unos segundos: las culebras se deslizaban y escurrían entre las manos, no eran como los lobos, pensaba y dudaba.

No hizo falta que nadie se enfrentara a ellas porque el amanecer, que en unos minutos había clareado el cielo y mis aguas, dejó ver un espectáculo que nadie olvidaría nunca en la aldea y que contarían en muchos otros sitios como si en realidad no hubiera pasado, más allá de las hoces y del bosque de sabinas.

Cuando las culebras empezaron a acercarse a Isabel Acosta esta no se asustó ni hizo movimientos bruscos, todo lo contrario, imitó su forma de nadar como si también quisiera jugar con ellas, principiando una danza que se fusionaba con las ondas que todas juntas dibujaban en el agua, y no supe distinguir si eran las serpientes las que se deslizaban al ritmo que marcaba el cuerpo de Isabel Acosta o, por el contrario, era ella la que, fiel emuladora de las realidades cercanas, imitaba la curva constante y desigual de las de la sangre fría.

Durante el tiempo que duró el baño nadie habló, Isabel Maldonado se sentó en la orilla extasiada por la valentía que el carácter despreocupado le regalaba a su falsa hermana, solo Pedro Rengel movía los labios muy despacio, como queriendo contarme un secreto, algo que nadie más podría escuchar por lo descabellado o absurdo, por ser un pensamiento convertido en palabras sin sentido. Pero tenía que decirlo en voz no muy alta, solo para él y para mí, tal vez para que alguna palabra llegara a los oídos de la niña Acosta, cosa que no ocurrió, porque apenas yo pude distinguir el miedo con el que afirmó que se iba a casar con ella.

«Algún día.» Eso fue lo que dijo.

ISABEL MALDONADO

Mientras la tierra, situada en medio, sostenga en equilibrio al cielo y el firmamento siga brillando en turnos regulares, y no puedan contarse las arenas y el día acompañe al sol y las estrellas a la noche, mientras el polo haga girar a las Osas sin que se mojen y los ríos caigan a la mar, nunca cesarán mis locas ansias de venganza, sino que crecerán siempre.

EURÍPIDES, *Medea*

La doma

Todavía no sé nada de ti y sin embargo ya sueño con que me llames abuela. Después de tantos años inventando ser hija, hermana y hasta madre, no debería sorprenderme este deseo de que me nombres como lo que no soy, pero esta vez hay algo distinto, tal vez porque sé que no podré explicártelo cuando seas mayor y me entiendas. Tal vez porque no sé cuánto tiempo nos van a dejar quedarnos contigo, ni adónde te van a llevar, si es que al final tienen valor para separarte de nuestro lado. También porque si algo he aprendido de las mujeres en estos años, es que paren para ser abuelas, me lo han confesado muchas veces, incluso tu madre, a los pocos meses de saber que estaba embarazada, se levantó el camisón y, dejando la panza al aire, me cogió de la mano para que se la tocara:

—Mira, Isabel, aquí dentro están mis nietos.

Por eso ahora, cuando te miro y te siento inmensa aquí en el pecho, ocupándolo todo y siendo lo primero y lo último de mis pensamientos diarios, se me viene la idea de que por primera vez en mi vida estoy robando algo de esta casa, tal y como siempre me han insinuado los Rengel. Por eso he pensado que, dentro de muchos años, te llevaré a las Cuevas que hay más allá del bosque de sabinas, para que sepas de dónde vienes. Para que la historia no se repita.

Desde Aljuariz llega la voz grave de un hombre que canta. Es tarde y la noche calla, así que suenan nítidos hasta los tonos más bajos. Es una voz de hombre; vivirá en una de las casas que están ya fuera de la aldea, camino del lago, por eso la oímos tan bien. Canta alto y seguro, está borracho. Nunca he oído a ningún hombre de la aldea cantar con tanto corazón si no ha estado antes tomando vino. Será el hombre de alguna de las Madres de la Tierra que tienen casas por allí y han de aguantar cómo se debilita el carácter de algunos cuando hay más hambre que trabajo. Me gustaría decirle que tiene la voz bonita, que esta noche te acuné en el balcón mientras lo escuchábamos y que enseguida te quedaste dormida. A ella le gustaría que la desazón de su casa sirviera para algo así, pero no lo haré, no puedo hablarle a nadie de tu existencia.

Es una canción antigua, forma parte de las tonadas de las fiestas de primavera que yo apenas conozco, por eso te saco aquí fuera, para que la música te acompañe en el sueño. En la Casa Acosta nunca ha cantado nadie. Si no recuerdo mal, la última vez que hubo algo de música fue el día de la boda de tu abuela, cuando todavía la llamábamos la niña Isabel. También cantaron canciones ese día, e igual que ahora, los que lo hacían eran unos aldeanos. Pedro Rengel, instigado por su hijo mayor, que quería dar muestra de poder y prosperidad, invitó a comer a todo el pueblo, e incluso a algunos de las aldeas más lejanas que también trabajaban en las tierras que hay alrededor del lago, las que eran de todos y ahora solo son de ellos.

No se recordaba ninguna boda como aquella cerca de El Espejo de Diana, donde, hasta que llegaron los Rengel, muchas parejas que vivían del campo no se casaban. Este lugar era tan pobre que los hombres de la Iglesia apenas sabían de su existencia, y cuando Darío Acosta llegó a las tierras cercanas a El Espejo tampoco pensó en construir una iglesia que controlara a las mujeres, le bastaba con pagar su buen dinero todos los años para que lo dejaran tranquilo. La única mujer que le daba miedo a Darío Acosta era tu bisabuela Felisa, por eso estuvo a punto de matarla un par de veces. Las demás le dábamos igual, no creía que tuviésemos más valor que las dos vacas y las cuatro cabras que guardaba en el antiguo pesebre. Sin embargo, los Rengel nos temieron siempre, aunque durante muchos años ese temor estuvo acompañado de una inocente admiración. Los pelirrojos tenían el alma nómada, por lo que la holgura que vivieron esos primeros años en la Casa Acosta inoculó una tranquilidad en ellos que, desgraciadamente, duró lo que dura un espejismo. Hombres malditos como creían ser el padre y los hijos, temían perder todo lo que no pudieran acarrear el día que debieran huir, pero fueron pasando los años y vieron que nada de eso ocurría; al contrario, se les daba espacio en la casa, lugar en la mesa y cariño en las noches de invierno, cuando contábamos cuentos alrededor de la lumbre, o en verano, cuando nos refrescábamos en las orillas del lago. Por eso tomaron posesión de lo que les dimos y, como suele ocurrir, quisieron más.

Empezó la domesticación como empieza la del ganado, con un cercado y una vara. El cercado que eligieron fue el antiguo templo de la diosa. Sobre sus ruinas, situadas en una pequeña colina de vista privilegiada sobre lago, casa y tierras, construyeron una iglesia y dentro de ella colocaron una enorme cruz que, con paciencia y muchos sermones, pronto se reprodujo por todas las casas de Aljuariz y por todas las habitaciones de la Casa Acosta.

El artífice fue fray Celestino, un hombre de la Iglesia de los que pasaban de vez en cuando por Aljuariz, encargado de llevar la palabra de su dios a los rincones olvidados de la tierra. El fraile se topó con Mateo cuando este empezaba a salir de la pubertad y se encaprichó del niño apocado y pelirrojo a quien nadie parecía querer y al que unos y otros habíamos despojado de cualquier tarea que requiriese pericia o eficacia. Incluso nosotras, desde la Casa Acosta, nos olvidamos de Mateo por parecernos su existencia intrascendente, y no supimos ver las consecuencias que la soledad puede acarrear en un alma quebrada. Mateo se paseaba por el mundo a imagen y semejanza de su padre, entre el miedo y el ensimismamiento, y encontró en el cariño del fraile un asidero vital que pronto tornó en dependencia y fascinación.

Empezó fray Celestino a entrar en la casa con Mateo como si fuera uno más de los Rengel. Se comía lo que Afrodisia cocinaba y se echaba largas siestas en la habitación de Mateo, donde hombre y niño compartían cama y pensamientos. Imagino ahora que en aquellos letargos se deslizó la palabra de dios entre los labios del fraile, en forma de besos y atenciones que derrotaron la voluntad de Mateo, y empezó el pequeño de los Rengel a repetir las ideas de su preceptor como si fueran propias.

No tuvo que insistir demasiado para llevárselo con él, cuando, pasado un tiempo, tuvo el fraile que regresar al convento. Allí seguiría estudiando para ilustrar a Mateo y convertirlo, con el paso de los años, en el actor de la religión de los hombres, aquí en Aljuariz. La condición pusilánime, entre mística y distraída, de Mateo se volvió en pocos años invulnerable, y regresó a El Espejo de Diana con discursos fervientes que prometían a todo el que quisiera escucharle, una vida mejor más allá de la muerte, pero también una vigilancia constante sobre el comportamiento de los hombres y, sobre todo, de las mujeres. Siempre observadas y juzgadas, siempre sometidas para lograr lo divino.

Así fue como Mateo Rengel encontró la manera de que su hermano le escuchara. Se ocuparon los hermanos de construir el miedo en cada casa de Aljuariz con sus propias manos. Una estructura de poder alrededor de la palabra *familia* instauró un nuevo orden en la Casa Acosta, se decidió quién se sentaba en la mesa principal y quién no, y se fijaron rigurosos horarios en torno a las comidas, los rezos y las horas de labor de la niña Isabel con Felisa, a quien sugirieron con vehemencia que dejara de asistir partos, pues era bien sabido el sobrenombre que daban los hombres cultos a las médicas. Por las tardes Mateo explicaba la Biblia en el pueblo y enseñaba a rezar y a creer a las mujeres y a los niños. Cada vez más experto en temas del alma, también se encargaba del orden interno de la casa, aunque sus estudios lo obligaban a viajar a menudo. Entonces respirábamos tranquilas.

Su hermano Pedro supervisaba las recolecciones y engordaba el ganado. No nos quitaba ojo de encima, pero era peor cuando Mateo andaba por allí, pues nos rondaba a Afrodisia y a mí con una curiosidad insaciable por todo lo que estábamos haciendo que nos retraía y, supongo, nos convertía en sospechosas de algo.

Los años pasaron lentos porque las mujeres fuimos investidas de debilidad, debíamos agradecerle a dios las cosas buenas y castigarnos a nosotras mismas por las malas. Yo me encerré en la cocina para cuidar del fuego, me distraía con las tareas de la casa, única responsabilidad que me dejaron los Rengel, pero intentaba no traspasar las paredes de aquel lugar, ni siquiera ir al lago, por no querer ver lo que estaba ocurriendo. Mi única conexión con el mundo seguía siendo Afrodisia, ella me contaba y yo escuchaba, aunque pocas veces decíamos lo que pensábamos. Por eso preferíamos hablar con refranes.

Nunca me gustó que se decidiera aquella boda siendo la niña Isabel tan inexperta en todo, pero ella lo escogió bien pequeña, aunque más como padre que como novio o amigo, pues, si bien la diferencia de edad no era tan grande como para que una relación de ese carácter surgiera entre ellos —apenas siete años los separaban—, Pedro hijo se comportaba como si fuese un hombre desde que su padre se casó con Felisa, y al poco tiempo mandaba más que el propio Pedro Rengel. Además, tenía debilidad por la niña y siempre hacía de protector: la llevaba sobre sus hombros, la acostaba por la noche, le compraba regalos, la curaba si se hacía una herida. Intentaba, de manera sutil y persistente, que cada vez estuviese más alejada de mí y de Afrodisia, y cuando le correspondió acompañar a su madre a los partos, a los que ahora asistía con cuentagotas, él lo prohibió terminantemente.

—¿Cómo vas a estropearte esas manitas tan preciosas?

Así la trataba y lo siguió haciendo hasta que empezó a crecerle el pecho. Afrodisia me llamaba la atención sobre ello:

—Nos la va a volver tonta.

Mis temores, sin embargo, tenían que ver con la parte que Isabel estaba ocultando. Tan encantada estaba de ser el centro de atención de su hermano novio que su única obsesión era comprobar hasta dónde llegarían los dispendios de Pedro con ella, ¿cuánto la dejaría salirse con la suya?

Nunca pude evitar, ni con ella ni con nadie, sufrir por la trampa tan simple que teje a su alrededor un alma controladora, siempre presa del personaje que inventa para conseguir sus objetivos, hasta olvidar completamente su naturaleza.

Felisa y yo preferíamos el silencio. Solo una vez me confesó, sin dar crédito a sus propias palabras, la desazón que le causaba no poder enseñarle a su hija su oficio.

—Con su edad yo ya sabía sacar la placenta, cortar el cordón y masajear el vientre para devolver el útero a su sitio. ¿Qué esperan que haga el resto de su vida si no conoce la tierra ni las hierbas ni la ciencia de hembra? Ni siquiera la dejan estar en la cocina con Afrodisia.

Isabel Acosta, que de niña no conocía la palabra *miedo*, que se bañaba con culebras y hablaba con las lechuzas y los gatos, que ayudó a parir a la primera yegua que hubo en la casa y se paseaba con tres años entre las vacas sin que los cuerpos de estas parecieran ser capaces ni de rozarla, parecía haber sido envenenada con un extraño amor. Ese veneno lo alimentaba Pedro hijo cada día, convirtiéndose en su confidente para todo, y mientras ella se volvía débil y caprichosa, él se iba haciendo cada vez más fuerte y seguro. Su única rebeldía, por formar parte de ese pequeño pulso de poder que tenía con él, era estar con nosotras en la cocina cuando debía estar estudiando la Biblia.

Y así creció hasta que llegó el día de su boda, apenas unos meses después de que diera el último estirón, que la convirtió en la más alta de aquel lugar. Tanto cambió su estatura y en tan poco tiempo que hubo que añadirle varios centímetros de tela al bajo de su traje de novia, aunque nadie se explicaba, ni siquiera ella misma, cómo siendo Felisa y Darío una pareja de corta estatura había salido esa niña altísima.

Se esclareció entonces la duda sobre quién era realmente su padre, aunque la fortuna, que no es ni buena ni mala, quiso que años atrás la mujer de Alfonso Delgado muriera en su segundo parto en manos de la propia Felisa, que intentó salvarla como intentaría salvarse a ella misma. Quedó el hombre solo con un niño pequeño y fui con Afrodisia a visitarle unos días después del entierro, para ver cómo andaban y si necesitaban algo. Me contó entonces que estaba pensando marchar lejos, cerca del mar, donde siempre hacían falta hombres, pero el viaje era largo y no tenía cómo. No dudamos en conseguirle todos los medios para que pudiera desaparecer, con carro, caballo y algo de comida y dinero. Mala suerte para él y para los niños huérfanos, buena para Felisa y para la niña Isabel, pues nunca tuvo que cruzarse ni ponerse al lado del que era igualito a ella, ni exponerse con ello a las suposiciones y habladurías que, si bien ya existían, al no haber pruebas de nada le permitían seguir llevando el apellido Acosta.

Estoy segura de que eso era lo que pensaba Felisa la noche antes de la boda, cuando, a la luz de la lumbre de la cocina, comprobaba los últimos pespuntes del vestido. Afrodisia, que siempre fue cómplice tácita de todo aquello, preparaba los barreños con la sopa para calentarla una vez que la dueña hubiese acabado con la niña. Yo estaba fuera cogiendo la hierbabuena, pero hacía bueno y la puerta de la cocina que daba al huerto de la Casa Acosta estaba abierta, por lo que pude oír perfectamente a Isabel preguntar:

—¿Quién es ese hombre, madre?

Extrañada porque, salvo Mateo Rengel, ningún hombre solía estar en la cocina y menos si Isabel no lo conocía, entré desde el jardín y la vi con la mirada perdida sobre las pequeñas llamas que empezaba a desprender la lumbre. No había ningún hombre, salvo el recuerdo del Delgadito rondando la mente de Felisa. La de los ojos violetas me miró porque sabía en lo que estaba pensando y agachando la cabeza confesó: nadie, Isabel, ese hombre no es nadie, mientras la cocinera seguía buscando con la mirada en los rincones de la habitación, como queriendo darle sentido a una conversación que solo madre e hija entendían.

La gente decía que la niña Isabel había heredado la locura de su madre, por eso siempre buscaban la manera de estar a solas haciendo alguna tarea manual, sobre todo cosiendo o bordando. Encontraban en ello un método de concentración muy superior al impuesto en las horas de rezo por

Mateo. A veces se les hacía de noche delante de la labor y no se daban cuenta de que no había luz hasta que en el salón no se veía absolutamente nada, pero la oscuridad no les impedía seguir moviendo las agujas en el punto exacto del bastidor, como si con esas punzadas lograran también adentrarse en las sombras de su inconsciente y así comunicarse, mucho más allá de donde la mirada de Pedro hijo lograría llegar nunca.

Pero que Isabel cultivara esa parte de su mente con alguien relativamente afín, como en ciertos aspectos lo era su madre, o le gustase estar con nosotras en la cocina, atraída sobre todo por lo que podía ver a través del fuego, pero también por el mando secreto que desde allí se continuaba ejerciendo, no impedía que el amor ciego por Pedro hijo la fuera debilitando cada vez más.

Nada mejoró después de la boda, especialmente cuando después de dos semanas la niña Isabel me confesó que su marido no había sido todavía capaz de tocarla, más allá de las mejillas y las manos. Isabel Acosta, que había sido instruida con esmero por su madre sobre lo que tenía que pasar en la cama con su marido y estaba inmersa en una excitante sensación entre el asco y la curiosidad, empezó a dudar sobre la existencia de todo aquello que le había explicado con bastante poco tacto, como era de esperar en Felisa. Tampoco se atrevía a preguntar si era normal que su marido le diera un beso en la frente cada noche para luego darse media vuelta y quedarse dormido, pues en el fondo, cuando aquello ocurría, experimentaba una sensación de alivio que tardaría poco tiempo en cambiar.

En una de esas conversaciones sin palabras que tenía con su madre en el cuarto de la costura, Felisa le insinuó que lo mismo le había pasado a ella con Pedro Rengel al principio de casados —ahora nunca dormían en la misma habitación—

y que había algunas cosas que una mujer podía hacer para que un hombre le hiciera caso.

Movida por los pensamientos eróticos que Felisa dibujaba en su mente, la niña Isabel entró esa noche en el dormitorio preguntándose qué ocurriría si fuera ella la que se desnudara delante de su hermano marido, si no se enfadaría, si podría pedirle a Pedro hijo que la tocara donde su madre le había contado que los hombres tocaban a las mujeres, pero, sobre todo, preguntándose si ella quería que todo eso ocurriera. Y se quedó dormida con los dedos de su mano derecha agarrando la lazada de uno de sus camisones nuevos. Pasaron las horas y la madrugada le trajo un sueño en forma de recuerdo sobre los días de verano de no hacía mucho en los que iban a bañarse al lago, ella en camisa, pero Pedro con el cuerpo desnudo. Entonces no tenía ningún reparo en salir y entrar del agua sin apenas ropa y corretear y jugar con ella como si nada. Hubo una vez en la que ella quiso tocarle, le hacía gracia, le atraía. Estuvieron forcejeando un rato y Pedro experimentó por primera vez el pudor, hasta que tuvo que ponerse serio.

—No, Isabel, eso no —le gritó, porque por las buenas ella siempre pensaba que estaban jugando, que al final cedería.

Tampoco estaba acostumbrada a que le dieran órdenes, ni siquiera él, así que empezó a llorar y a patalear, exigiéndole que nunca más le hablara así.

Cuando a la niña Isabel le daban las pataletas, cosa que todavía ocurría, todo el mundo fingía no oírla. Por orden de Pedro hijo, nadie, salvo él, podía acercarse a ella, ni para reñirle ni para consolarla. Las pataletas de su niña, como casi todo lo demás, eran cosa suya. Esa tarde tuvo que esperar a que se calmara durante casi una hora, mientras Isabel le gritaba que por qué no quería jugar, que por qué no le dejaba que le tocara.

Una promesa hecha aquel día le vino entonces como un susurro para despertarla, y en aquella madrugada, con la mano sujetando todavía el lazo de su camisón, Isabel Acosta recordó que su marido Pedro le había prometido siendo una niña que, cuando se casaran, podría tocarle todo lo que quisiera. Se atrevió entonces a dar la orden a su cerebro para deshacer el lazo y se sacó el camisón por encima de la cabeza. El corazón le latía tan fuerte que pensaba que Pedro podía oírlo, pero lo que despertó al mayor de los Rengel fue la mano de su mujer tanteando en su pantalón hasta encontrar lo que, estaba convencida ya, le pertenecía por derecho. La niña caprichosa le asaltó de nuevo cuando su hermano marido quiso frenarla, abochornado porque el sueño había favorecido, además, una inevitable erección.

—No, Isabel, no —dijo como un acto reflejo, igual que aquella vez en el lago.

Ella lo miró fijamente y, como cuando era pequeña y quería montar a los potrillos, o tirar piedras en el lago para que saltaran, o encender ella sola el fuego si salían juntos a cazar, le recriminó con voz de bebé:

—Me lo prometiste, Pedro. Me prometiste que cuando nos casáramos podría.

A la mañana siguiente Pedro se despertó con la misma sensación de asco con la que se había quedado dormido. Aún entre el sueño y la vigilia el asco empezó a convertirse en ira cuando sintió el cuerpo todavía desnudo de su niña Isabel entrelazado con el suyo como si fuese a escapársele.

Antes del amanecer se oyeron los gritos de Pedro hijo en toda la casa ordenándole a su mujer que se vistiera, y esa misma mañana la mandó a confesar con su hermano Mateo, que, bien adoctrinado, la ilustró sobre las virtudes del pudor y los verdaderos objetivos del matrimonio. Pero nada podían hacer las palabras del fraile para aplacar la mirada encendida y la pertinaz sonrisa que aquella noche se dibujó en la cara de tu abuela.

El fresno

He visto a hombres y mujeres intentar cambiar el orden del mundo por seguir deseos que duran menos que las cosechas, por eso siempre he sospechado de las pasiones. Pero cuando, hace muchos años, tu bisabuela Felisa me pidió que plantara un árbol frente a la pared de la casa donde estaba su balcón, para que sus amantes pudieran trepar hasta él, no me pareció tan mala idea. En primer lugar, porque el amor de Felisa fue durante muchos años una de las constantes más seguras de la Casa Acosta, el hecho de que el objeto de su deseo cambiara de un hombre a otro no varió en absoluto la necesidad de que las ramas de ese árbol siguieran estando cerca de los cristales de su ventana.

Entonces pensé que, si debíamos plantar un árbol que creciera rápido en la fachada trasera, mejor que fuera un fresno, para que también pudieran trepar las niñas a coger las hojas que servirían para el destete del ganado, por ser dulces y tiernas. Con ellas también hacemos una tisana de vino para la picadura de la serpiente, que antes prefiere reptar entre las llamas que entre las ramas del árbol, por tener unas afiladas espinas escondidas entre ellas. También es símbolo de fecundidad y su madera hace latir más fuerte el corazón de los hombres, por eso cuando Pedro hijo se mudó a la habitación de Felisa y se habilitó la salita de abajo como nueva alcoba para su suegra, la niña Isabel me pidió que le hiciera un amuleto con una rama que ella misma cortó del fresno. Tenía forma de colmillo, con un agujero tan fino en el centro que tuve que pedirle ayuda a la de los ojos violetas para engarzar el cuero que serviría de cordel.

—¿Esto es para que ese malnacido le haga caso a mi hija? Deberíamos echarlos a patadas en lugar de hacerles rezos de amor —dijo suspendiendo la mirada en el horizonte, con la tristeza de quien sabe que algunas palabras son tan inútiles como los recuerdos.

No había sido consciente Felisa del poder de Pedro hijo sobre El Espejo de Diana hasta que tuviera la desfachatez de echarla de su propia habitación. Fue entonces cuando se percató también del fuerte olor a dinero que había ahora en la Casa Acosta. Los Rengel pasaron de pastores pobres a dueños en menos de una década, y prosperaron gracias a los préstamos de Héctor Moreno, un comerciante que tenía un hijo también fraile sacerdote, conocido de Mateo, y que al oír hablar de los excedentes de grano que había en El Espejo quiso tener una reunión con Pedro Rengel para ayudarle a hacer negocio, aunque lo que Pedro hijo deseaba era comprar más ganado. El marido de Felisa, que siempre me tuvo miedo, había dejado que su primogénito empezase a tomar esas decisiones. Él nunca nos consultó nada, y llevaba con una habilidad admirable la premisa de que el poder no se reclama, sino que se ejerce. Sin embargo, para las primeras reuniones con Héctor Moreno, y en un acto deliberado de exclusión de las mujeres de la casa, tal y como hacía el propio Darío Acosta, estuvieron presentes todos los Rengel.

Héctor Moreno era un hombre de aspecto afable, aunque con unas espesas cejas que convertían su rostro en una incógnita. Sabía mucho más de esas transacciones que ninguno de los pelirrojos, que, al fin y al cabo, no eran más que unos vagabundos analfabetos con suerte, y trajo normas desconocidas a El Espejo para crear riqueza donde antes solo había comunidad.

Sabíamos que el dinero que empezó a entrar con los negocios de Héctor Moreno también venía de lo que les estaban robando a las Madres de la Tierra, a quienes empezaron a reducirles la partida que podían quedarse del fruto que ellas mismas trabajaban. Pese a lo ajena que fue siempre al modo en el que habíamos levantado aquella plantación, creo que Felisa también lo intuía. Por eso una vez les gritó, aprovechándose de su supuesta locura:

—¡Ese dinero que traéis está apestando la casa! ¡Tenéis que guardarlo mejor!

Y Mateo le contestó engreído:

—*¡Pecunia non olet!*

Afrodisia despotricaba cuando, de regreso a la cocina, me contaba que el fraile ya estaba atormentando a su madrastra con latinajos. Y nos reíamos con un sabor agrio en la boca que teníamos que quitarnos con anís y menta.

No es mentira que cuando Pedro hijo contaba el dinero el olor de las monedas parecía adueñarse de la Casa Acosta, aunque no fue por las sonoras quejas de Felisa por lo que se hicieron con una caja fuerte, sino porque no se fiaban de nosotras, ni siquiera de su mujer, hacia la que estaba desarrollando un sintomático rechazo, más desde la noche que pasaran juntos.

La niña Isabel, al verse ninguneada por el que antes no tenía ojos para nada ni para nadie más, pensó que, si no podía tener su atención durante el día, al menos lo lograría por las noches, pese a la distancia que Pedro había puesto entre cama y cama. Esto no fue ningún impedimento para Isabel Acosta, que, lejos de mostrarse agraviada por el abandono, sintió su deseo crecer. No pasó una noche desde que estuvieran separados para que, cuando todo el mundo dormía, cruzase media casa en camisón y se metiera en la cama del que ahora era su marido. No logró entonces Pedro hijo rechazarla y tampoco se libró al día siguiente de la sensación de asco y remordimiento que le producía acostarse con la que sentía tan solo como una hermana.

—¿Para qué se ha casado con ella entonces? —protestó Afrodisia cuando nos pidió que buscásemos a alguien en Aljuariz que colocase una cerradura en la puerta de su dormitorio.

La primera vez que Pedro hijo echó la llave de su habitación dormimos poco en la Casa Acosta. Como había hecho la noche anterior, Isabel esperó a que todo estuviera en silencio y a oscuras para cruzar el largo pasillo que separaba, en la planta de arriba, su dormitorio del de su marido. Con intención de entrar sin hacer ruido y meterse con sigilo en la cama, Isabel agarró fuerte el negro pomo de hierro y lo giró despacio, mientras hacía presión con el cuerpo sobre la puerta de madera. Lo hizo al menos cinco veces más, siempre con el mismo resultado, aunque el grado de cuidado fue diluyéndose. Principió un susurro:

—Pedro, ábreme la puerta, Pedro.

Pero no hubo ninguna réplica, ningún «vete a la cama, Isabel», ninguna señal que le diera alguna esperanza. Fue subiendo el tono de voz, pasando de la súplica al enfado, del lloriqueo a la ira, llamó con el puño suave, como una doncella educada, aporreó la puerta con las dos manos como una trastornada, giró el pomo una y otra vez, de manera retórica, como si sus sentidos la estuvieran engañando.

Pasó una hora sin que sus quebrantos parecieran reblandecer el espíritu de Pedro hijo. Felisa y yo, aposentadas en las escaleras, solo oíamos el llanto de ella diluirse solitario por los recovecos de la Casa Acosta. Imaginaba a Pedro Rengel y a Mateo escondidos en sus habitaciones, probablemente siguiendo órdenes del primogénito para no reaccionar ante los desvaríos de su mujer, pero a este no podía evitar imaginarlo sufriendo, por esa extraña manera que tuvo siempre de amar a la niña Isabel, siendo padre, madre, hermano y novio. Era imposible que estuviera durmiendo plácidamente, o incluso ignorándola, mientras se distraía del ruido con otra cosa.

Y es verdad que no pudo soportarlo mucho tiempo más. Nunca había podido verla llorar, menos si era él el motivo de su disgusto, por eso cuando Isabel cayó rendida en el suelo frente a la puerta cerrada, como un perro que guarda al amo, Pedro hijo se levantó de la cama, abrió la puerta del balcón y descendió hasta el suelo con cuidado, mientras apoyaba pies y manos en las ramas punzantes del fresno. Cuando estuvo abajo se dirigió hacia la oscuridad de los cipreses, por el camino contrario que conducía a El Espejo de Diana, el que llevaba a Aljuariz, y no volvió hasta la mañana siguiente.

Deambulando por las calles desiertas del pueblo recordó que Héctor Moreno se acababa de construir una casa para pasar los meses más calurosos del año. Los negocios en El Espejo iban bien y allí en verano se estaba mejor que en su ciudad, les dijo a los Rengel cuando hubo tomado la decisión.

La casa no se parecía en nada a la nuestra, aunque también estaba algo retirada. La fachada miraba hacia el camino que llevaba al pueblo, mientras que Darío Acosta quiso que la puerta y las habitaciones principales miraran hacia el lago, de espaldas a un mundo que no le interesaba. Seguramente el alma simple y atormentada de Pedro hijo sintió esta diferencia como un rasgo acogedor; al menos eso fue lo que pensé cuando Afrodisia me vino con el cuento de que lo habían dejado entrar a la casa a esas horas de la madrugada.

—¿Y quién más vive allí? —pregunté llevada más por un mal presagio que por la pura curiosidad.

—Héctor Moreno con su hija Lucrecia. Su hijo, el amigo de Mateo, también pasa allí algunas temporadas. —Se me acercó un poco más, bajando el tono confidente, y susurró entonces—: Arcadia, la mujer del carbonero, les limpia y les cocina, y dice que la tal Lucrecia parece una muchachita de carácter débil, pero no hace más que darle órdenes concretas sobre la casa, persiguiéndola por todas las habitaciones, limpia esto así, cocina aquello de tal manera, sin aceptar réplica ni improvisación.

Entonces entró la niña Isabel y las dos nos callamos; no queríamos que se enterase de que Pedro hijo había dormido fuera. Tenía mala cara, la piel cetrina y el pelo enmarañado, no había dormido y, además, acababa de vomitar. Llevaba con el estómago revuelto unos días, pero yo lo achacaba a los nervios por el desamor, que la tenían tan agotada que hasta el apetito se le había cerrado. Sin embargo, desayunó con ganas lo que le puso Afrodisia y luego dijo que se iba a dormir, que tenía otra vez sueño, aunque acababa de levantarse. Y así estuvo unos días más, de la cama al vómito y del vómito a la cocina, hasta que la cocinera, extrañada, le preguntó a una de las lavanderas que limpiaban la ropa de la casa cuánto hacía que no lavaban los paños de sangre de la niña Isabel.

—¿No estarás embarazada? —le pregunté sin rodeos ese día, después del almuerzo.

Y me miró como si hubiese visto un fantasma. Era demasiado joven para imaginarse madre y todavía guardaba una actitud entre falsa y modosa sobre los temas que Mateo le había enseñado a no nombrar, aunque conmigo, a veces, era capaz de quitarse la máscara que los Rengel le habían fabricado.

—Puede ser, este mes no he sangrado. —Empezó a sonreír con una extraña mirada de ilusión, cercana a la locura, como todos los movimientos que la acompañaban en los últimos meses—. Pedro se va a poner contentísimo.

Pero no fui capaz de devolverle la sonrisa, ni siquiera cuando se cumplió su deseo y Pedro la abrazó como cuando solo eran hermanos, cogiéndola en volandas y girando sobre sí mismo para hacerla reír.

—Un niño, un hombre al que enseñarle a cazar y a domar caballos y mujeres —dijo esa noche brindando con su padre y con su hermano, mientras reían y se felicitaban por haber conseguido un heredero para la Casa Acosta.

Ni los vómitos ni el cansancio que arrastraba durante todo el día con actitud lánguida por pasillos y habitaciones, disuadieron a Isabel de seguir acercándose a la puerta de Pedro para suplicarle que le devolviese el amor con el que la había criado, pero esta permaneció cerrada cada noche durante los siguientes meses, sin saber la embarazada que el mayor de los Rengel, heredero al fin y al cabo de la cobardía de su padre, se deslizaba cada noche fresno abajo para huir del sentimiento de culpa que el dolor causado a la niña Isabel le producía. Se presentaba entonces en casa de Héctor Moreno, donde al final acabaron disponiendo para él una habitación en la planta de abajo —lejos de la de Lucrecia, pues era familia beata— con cama y palangana que Pedro hijo, como todo lo que tuvo a mano en su vida, acabó tomando como propias.

Cada vez se me fue pareciendo más el hijo mayor a Pedro Rengel, al menos en la incapacidad que ambos tenían para enfrentarse a sus mujeres, y en el fondo Isabel Acosta también fue entendiendo esta debilidad de los pelirrojos como un motivo de animadversión hacia ellos, aunque su carácter le impedía ceder ante estos sentimientos, o sentir un mínimo de orgullo. Pertinaz y sin razón que la guiase, la niña Acosta, con la barriga cada vez más grande, no dejaría nunca de buscar esa sensación de protección que durante años le había proporcionado Pedro.

Veíamos a Lucrecia Moreno algunos domingos en la iglesia, y digo algunos porque no siempre conseguía Mateo que fuésemos a escuchar su sermón. Por los efectos del láudano, Felisa nunca fue capaz de levantarse tan temprano, aunque tampoco querían los Rengel mostrarla en ese estado a la gente del pueblo. En los últimos meses el único interés que yo tenía en ir era para observar a Lucrecia. Elegante y taciturna, se sentaba junto a su padre en el primer banco y apenas levantaba los ojos ante la presencia de Pedro, que la saludaba con un afectado y cursi beso en el convexo de sus manos. A Isabel le sonreía, e incluso intercambiaban algunas palabras a la salida, pero del segundo banco hacia atrás no le interesaba nadie. Tanto Mateo como Pedro hijo estaban fascinados con ella, pues representaba una idea de mujer con la que nunca se habían encontrado, pero que, curiosamente, les reconfortaba y hacía sentir seguros. Pedro no se atrevía a decir nada bueno sobre ella, supongo que por no despertar los celos de Isabel, pero sí oíamos a Mateo hablar de la hija del comerciante como un ejemplo que algunas debíamos seguir, pues le ayudaba con las clases sobre la Biblia, que querían impartir a los niños del pueblo desde bien pequeños, y no se le conocía opinión sobre nada, más allá de las acertadas aseveraciones sobre el calor que hacía cuando hacía calor, o cómo llovía cuando llovía bien fuerte. Nos reíamos de ella en la cocina, y las lavanderas lo hacían en el lago y las Madres de la Tierra en el campo, y así fue como, poco a poco, sucedió en El Espejo lo que probablemente ha ocurrido siempre en todos los lugares de la tierra: que los que están arriba permanecen arriba, cuando los de abajo se tienen que reír de ellos a escondidas.

Lo que no lográbamos entender era qué le habría dicho Pedro hijo a Héctor Moreno para que le dejara pasar las noches en su casa, aunque suponíamos que el dinero que ambas familias estaban ganando en esa época hacía que las preguntas sobre este o aquel comportamiento se relajaran y quedase todo en una cordial simpatía, que no había que perturbar con explicaciones, si el cobro de los intereses por los préstamos seguía siendo el correcto.

Para bien o para mal, la discreción con la que habíamos llevado ese tema Afrodisia y yo fue la misma que la de Arcadia, la mujer del carbonero, que alguna vez se había cruzado con el mayor de los Rengel saliendo muy de mañana, cuando ella apenas entraba, pero que nunca había contado lo visto más allá de las paredes de su casa, con su marido, y de las de la Casa Acosta, con nosotras y con Felisa.

Nos acostumbramos a esa desazón, y también a la de ver a Isabel hacer guardia en la puerta de Pedro, sabiendo que en el otro lado no había nadie, pero en el séptimo mes de embarazo empecé a temer por la salud del bebé que Isabel llevaba en las entrañas, así que Felisa le daba una taza de sus infusiones para que no se levantase de la cama una vez que estábamos todos dormidos.

Un par de veces se despertó con dolores que auguraban un parto prematuro, Felisa lo había visto en muchas mujeres y con esa excusa la tranquilizó la primera vez, pero a los pocos días volvió a ocurrirle y se puso tan nerviosa que yo misma la ayudé a levantarse y la acompañé a dar un paseo para mitigar los dolores con el movimiento y la conversación.

Era un noviembre frío, pero a Isabel le vino bien el viento en la cara y el cuerpo. Caminamos en la oscuridad de una noche sin luna hasta la orilla del lago, acompañadas por el sonido de nuestros pasos en la grava que años atrás pisara Darío Acosta antes de suicidarse. Me vino la imagen del cuerpo hinchado que alimentó durante semanas a los peces y, aunque no le dije nada a Isabel, ella me notó inquieta.

—Si quieres volvemos —dijo parándose en seco y apoyando las manos a la altura de los riñones, para descansar la espalda del peso de la barriga.

El viento soplaba ya tan fuerte que era incómodo seguir caminando, así que nos dimos la vuelta. Nos guiábamos por la luz de la cocina, pero también por un golpe fuerte y monótono que empezamos a oír enseguida. Venía de la casa y parecía una puerta, o más bien una ventana, pues al trancazo seco proseguía el tintineante del cristal que se agita. A menos de veinte metros ya sabíamos que era la puerta del balcón que Pedro dejara cada noche abierta para volver a entrar por allí al amanecer. Isabel no tardó en comprender que en la alcoba de Pedro no había nadie, el ruido que la puerta hacía con el viento hubiera despertado a cualquiera.

Una extraña fuerza se dibujó en los ojos de Isabel Acosta, una fuerza que provenía de cuando era niña y bailaba con las culebras en el lago, de cuando no temía al fuego ni a la noche ni a los Rengel, de cuando no necesitaba que nadie le dijera que era bonita o graciosa o buena, porque el mundo era un juego que ella organizaba. Enderezó la espalda que había llevado inclinada hacia atrás en las últimas semanas, como si de pronto la barriga no pesase, como si nada pudiese impedir que se acercara hasta el establo donde guardaban los aperos del campo, y cogió un hacha pesada, de las que forjara el propio Darío Acosta.

Entró y salió con el mismo paso decidido hacia el fresno que antes sirviera de escalinata a los amantes de su madre y ahora al mentiroso de su marido, y empezó a talarlo a un metro y medio de las raíces, con una pericia y una fuerza que parecía haberse criado entre leñadoras. También supo dónde tenía que hacer la incisión para que el árbol cayese hacia el exterior, no hacia la fachada de la casa, y en menos de quince minutos el tronco fino del fresno se desgarraba, cayendo las espinosas ramas sobre el principio del camino que llevaba hacia el lago. Alguna maceta rompió que despertó a los habitantes de la casa, pero a nadie le dio mucho tiempo a analizar el desastre, porque una vez que el árbol hubo caído, las falsas contracciones de Isabel se volvieron verdaderas.

Cuando Felisa llegó para palparla la cabeza del primero estaba casi fuera. Estaba segura de que su hija traía gemelos, así que le alegró que los espasmos, siendo además primeriza, hubieran sido tan rápidos.

—Tú serás la mayor —dijo cuando sacó a la niña, y le colocó el cordón rojo en la muñeca a tu madre, que antes de llorar abrió los ojos para encontrarse con las luces de la noche.

Durante muchos años me pregunté si no sería el esfuerzo tan grande que hizo tu abuela talando ese árbol lo que provocó un parto rápido, con un dolor intenso, pero mucho más llevadero que el causado por Pedro hijo; teniendo en cuenta lo que hizo el mayor de los Rengel cuando vio a los mellizos que su hermana esposa había parido en menos de dos horas, un niño y una niña pelirrojos. Pedro cogió al niño cuando lo hubimos lavado y se lo llevó a su habitación para dormir con él y que el bebé se impregnase de su olor, como hacía de pequeño con los corderos recién nacidos, pero a la niña, a tu madre Alejandra, ni siquiera la miró. Dudo que lo haya hecho alguna vez en su vida. Tampoco se disculpó por lo de las escapadas a casa de Héctor Moreno y, cuando vio el fresno caído, ordenó que lo arrancaran, empeñado en plantar otro para demostrar lo inservible de la airada muestra de cólera de su mujer.

—No plantes un fresno, Pedro, planta otro árbol.

Fue lo único que le pedí en mi vida, porque estos árboles solo pueden plantarlos las mujeres, que lo haga un hombre es vaticinio de una muerte en la familia. Pero lo único que conseguí fue una amenaza. Eso y que me llamara bruja.

Aguas mansas

Tienes que estar siempre atenta a la lumbre de la cocina, porque si se apaga tardamos mucho en volver a encenderla y hacer brasas, pero si conservamos siempre algo de cisco vivo será fácil reanimarlo para calentar o cocinar lo que haga falta. Además, en invierno le proporciona un calor a la casa muy agradable. Lo duro es cocinar aquí en verano, por eso Pedro Rengel, que tanto le temía al fuego y que con los años se estaba convirtiendo en el cascarrabias inservible de la casa, nos pedía que lo apagásemos, que íbamos a salir ardiendo entre el fuego de dentro y lo que entraba de fuera. Pero en esto yo era inflexible, y la excusa del ahorro de tiempo terminaba por acallar a los más reticentes.

Afrodisia sabía que en verano no era necesario tener la lumbre siempre encendida, pero conocía mis manías y me dejaba hacer sin decir nada. El horno, sin embargo, solo se ponía en marcha los sábados para hacer el pan de toda la semana. Esas hogazas se guardaban en una tinaja de barro que había en la cocina, medía más de un metro de alto y tenía una tapadera de corcho. Tal vez fuera esa vasija el cacharro que más quería Afrodisia, pues su marido, fallecido hacía algunos años, había sido artesano del barro y el recipiente para guardar el pan lo había hecho expresamente para la Casa Acosta, antes de que aquella enfermedad incurable le impidiera seguir horneando. También le dio tiempo al hombre a enseñar el oficio a Dimas, el único superviviente de los tres que la cocinera parió. Para tristeza y orgullo de la cocinera, con quince años Dimas continuó el trabajo que su padre le enseñara, por eso el joven alfarero tenía que pasar más de seis meses deambulando por todas las ferias conocidas para vender los cacharros.

No suele acabarse el amor entre los caracteres que se oponen en la justa medida, como lo hacían los de Afrodisia y su marido. La gente no entendía por qué la cocinera continuaba trabajando para la Casa Acosta en lugar de ir de feria en feria con él, pero ella tenía una personalidad fija, unida a la tierra, a la tranquilidad y a la rutina. Nunca fue amiga de esa condición ambulante que necesitaba su marido, que cuando llevaba poco más de tres meses en Aljuariz ya empezaba a inventar negocios y viajes para no tener que levantarse todos los días en la misma cama.

Lo único que le retenía era el amor por su mujer. Ambos tenían una relación de compañeros confidentes que pocas veces he vuelto a ver, por eso cuando Afrodisia enviudó quedó trazado en su rostro un imperceptible rastro de soledad del que nunca se recuperó, pese a que apenas lo nombraba y nunca lloraba su ausencia.

En las primeras semanas de septiembre siempre estaba más agitada y risueña, pues se empezaban a preparar las fiestas de los jarritos. Los vendedores ambulantes acampaban en Aljuariz durante dos días para que todas las casas pudiesen renovar ánforas, cántaros, cuencos, lebrillos, búcaros, tinajas, platos y ollas que ya no servían por estar descascarillados, medio rotos o tan usados que el barro empezaba a deshacerse. Por aquella época en Aljuariz todavía hacía bastante calor, por eso los barreros habían inventado una curiosa forma de incentivar la compra de su material, y era usando los antiguos búcaros para que los aldeanos se mojasen unos a otros en un último uso, antes de cambiarlos por los nuevos.

Los niños mojaban a los abuelos, los novios a las novias y las mujeres a sus maridos, no había ninguna distinción y todo el mundo agradecía el chorro de agua fresca en un día que solía ser caluroso. Cuando ya habían vaciado el búcaro sobre el cuerpo de sus víctimas lo rompían cerca de la fuente del pueblo, para celebrar el fin de lo viejo y la bienvenida a lo nuevo, y en los alrededores de la fuente se esparcía una alfombra de pétalos de barro que, con el paso de los años, le fue dando a la plaza su característico tono rojizo.

La fiesta de los jarritos traía a Dimas de vuelta a casa, a quien hacía seis meses que su madre no veía y que cada año despuntaba más hombre. Al contrario de los Rengel, que siempre parecían pensar cada palabra que decían y cada paso que daban, en un oficio de vida calculada que a mí me parecía extenuante, el carácter de Dimas era claro y de actitud directa, consecuencia de una crianza con pocos miedos y de una inteligencia práctica que me recordaba más a la madre que al padre. Lo que sí heredó del alfarero fue una melena rubia que se dejaba crecer más de lo normal, por insistencia de su madre, que al verle los bucles amarillear a la luz del mediodía no podía evitar acercarse y besar a su hijo, con el secreto recuerdo del marido en el ánimo.

Hacía cinco años que Dimas deambulaba con sus cacharros solo por el mundo, y ahora que ya era un hombre, más o menos de la misma edad que Pedro hijo, empezaba, además, a adquirir la mirada sabia del viajero, que se detiene en la realidad con más acierto por poseer la simple cualidad de sentirse ajeno a lo que mira. Por eso nos sorprendió verle tan abatido cuando tan solo habían transcurrido unas pocas semanas desde su vuelta, se paseaba callado y solitario por las calles, aunque siempre había sido propenso a alimentar un alma sociable que lo convertía en bien querido de Aljuariz.

—Estoy preocupado por el pueblo —me contestó un día que me lo encontré en la cocina, mientras esperaba a que algunos lebrillos y fuentes que había hecho esa mañana terminaran de cocerse en el horno de fuera.

Al verle pensativo y sin hacer nada, le pregunté qué le había ocurrido aquel año, que andaba todo el día entre irritado y triste. Permaneció en silencio durante unos segundos y flexionó las piernas que tenía estiradas bajo la mesa de la cocina, como queriendo incorporarse porque iba a revelarme algo importante. Lo que estaba viendo en Aljuariz, me dijo, era la antesala de una miseria que venía observando desde hacía tiempo en otros lugares que visitaba durante el año, más allá del bosque de sabinas. Semblantes de hombres abatidos, mujeres jóvenes que no habían parido y ya parecían abuelas, niños que arrastraban enfermedades por la falta de cuidados desde la cuna, y en cada ciudad, pueblo, aldea y pedanía, unos Rengel, unos Acosta, unos Moreno enriqueciéndose con la debilidad, acerándose bajo el escudo de la fe que los malditos curas les ofrecían para engordar un interminable y repugnante trueque de privilegios.

La reacción instintiva que tuve fue la de levantarme y cerrar la puerta de la cocina y la ventana que daba al jardín, no sabía cómo iba a seguir su discurso Dimas, pero no hacía falta que nadie lo escuchara:

—Esto siempre ha sido así —le dije— y pensar en ello nunca ha traído nada bueno.

Sin embargo, no dijo nada más, y es verdad que sus palabras, en ese momento, sonaron más desmoralizadas que beligerantes, pero el hecho de pronunciarlas anunciaba un peligro que yo venía observando desde antes de que Felisa se casara con Pedro Rengel. Entonces todos pasábamos hambre, y como las cosechas las levantamos con las Madres de la Tierra, durante unos años pareció que la comunidad estaba haciéndonos avanzar, pero el orden de las cosas es tan inalterable como las estaciones y ahora estábamos peor que cuando la gente vivía en las Cuevas cercanas al río, mucho antes de que Darío Acosta se instalara en El Espejo de Diana. Al menos entonces eran dueños de sus supersticiones, lejos de la mirada de los hombres de la Biblia, que, si bien siempre estuvieron ahí, cuando no trabajábamos la tierra apenas hacían por venir a contar la palabra de dios y mandaban a monjes descalzos que daban más pena que las familias a las que adoctrinaban con poco entusiasmo. Ahora Mateo Rengel daba la ceremonia cada domingo de manera tan apasionada que, cuando iba, casi siempre obligada, prefería sentarme en las últimas filas, por si me daba un ataque de risa ante los aspavientos y soniquetes afectados del discurso del pobre chico.

También convirtieron su religión en una forma de distanciamiento, y si bien la boda de Pedro hijo e Isabel Acosta había sido celebrada y comentada por todos en Aljuariz, el bautizo de los gemelos fue más frío. Tal vez fuera por lo sobria y extensa que fue la ceremonia, o porque Pedro se empeñó en que Lucrecia Moreno fuera la madrina de ambos, o porque insistimos en que el padrino de Alejandra fuera el propio Dimas, que llevaba ya un par de meses en El Espejo cuando nacieron los niños de Isabel, aunque lo más triste fue no ver a la madre de los bebés en la iglesia, ni siquiera para acunar a Alejandra, la única de los dos con la que había tenido contacto.

Aunque el parto no había sido especialmente difícil para ella, cuando Pedro hijo le quitó a uno de los mellizos la niña Isabel se metió en la cama y no volvió a salir hasta algunos meses después. Apenas se levantaba para dar el pecho a Alejandra, y porque Felisa se empeñó en que la niña se enganchara, poniéndola en el pezón cada dos horas para que la leche le subiera. Lo hizo a escondidas porque Pedro Rengel, instruido por los sabios consejos de Lucrecia, les dijo lo inapropiado que era que una mujer de la posición de Isabel Acosta diera el pecho como una vulgar ama de cría. En otras condiciones Felisa no hubiera sido tan insistente con este asunto, pues ella tampoco había dado de mamar a su hija, pero Isabel estaba tan débil y alicaída que pensó en lo beneficioso que podía ser para ella sentirse útil y dejar de pensar en vanos tormentos. Eso la animaría tanto o más que los caldos de gallina que Afrodisia no paraba de prepararle y que yo le daba con una cuchara pequeña, como cuando era una niña.

Fue Lucrecia Moreno la que sugirió a Pedro Rengel que su hijo debía alimentarse con un ama de cría, sin que ninguno de los dos se preocupase por cómo se estaba haciendo con la niña. Una prima de Lucrecia le había hablado de una excelente, también las había en Aljuariz, pero ella consideró que la recomendada por alguien de su familia sería más apropiada para los Rengel, con lo cual le otorgaba al hijo de Pedro una posición con la que los pastores pelirrojos nunca hubieran soñado.

—De las aguas mansas me libre dios, que de las bravas me libro yo —sentenciaba Afrodisia cuando llegaban órdenes a la cocina de cómo debía ser el menú adecuado para los viernes de vigilia, o qué debía comer la mujer que alimentaba a los bebés.

Las indicaciones las daba Mateo, pero todas sabíamos que las palabras eran de Lucrecia. Isabel Acosta se enteraba mal y poco de esta usurpación de un papel que ni ella quiso nunca, por no saber cómo ejercerlo, ni nadie le ofreció.

Tampoco Felisa parecía preocuparse demasiado por la influencia que la joven beata empezaba a tener en los Rengel; más bien hizo como Pedro, pero justo a la inversa: estableció una línea entre nosotras y ellos, ignorándolos, esquivándolos e incluso negándose a sentarse a la mesa, con la excusa de cansancios y achaques.

Durante los meses que precedieron al horror me sorprendió ver en Felisa un aliento maternal con su hija y con su nieta que jamás había tenido, y aunque no puede decirse que fuese cariñosa con ellas, solía preguntarme si la niña Isabel estaba comiendo y se sentaba con ella durante horas para que la locura que estaba fraguándose en su mente cesara con la distracción de su presencia, aunque solo fuera porque el sonido de su mecedora sobre la madera, en las interminables horas de bordados, parecía quebrar el ruido de sus pensamientos.

Llegó el día del bautizo sin que Isabel hubiera vuelto a ver al hijo que le quitaran recién nacido, pero a nadie sorprendió que fuera yo quien llevara a Alejandra, tu madre, en brazos, pues muchas mujeres tardaban meses en recuperarse de los partos y aquella ceremonia se hizo cuando los mellizos apenas sumaban diez semanas de vida. Las prisas vinieron porque Lucrecia le habló a Mateo del peligro que corrían los niños de quedar atrapados en el purgatorio si, dios no lo quisiera, les ocurría algo antes de ser bautizados, y Mateo y Pedro estuvieron de acuerdo en hacer las celebraciones lo antes posible.

Pese a la triste y aburrida misa, el almuerzo en la Casa Acosta fue agradable. Tuvimos que preparar el salón porque era enero y hacía frío para estar fuera. Afortunadamente, eso hizo que todo fuera más rápido, pero también que el ruido de la casa llegara hasta el dormitorio de Isabel. A la hora del café subí para ver cómo estaba y la encontré vistiéndose, con el pelo aún suelto y enmarañado por las horas tumbada y la piel cetrina más pálida que de costumbre a causa de la falta de sol. La ayudé entonces a recoger el cabello y empolvar la cara, pues estaba dispuesta a bajar.

—Además, seguro que Alejandra tiene hambre —dijo mirando a ninguna parte, como si una frase huérfana luchase por escapar de su mente.

En la sala ninguna conversación variaba un murmullo uniforme y monótono, que obedecía sin duda a la falta de entusiasmo con que los asistentes fingían disfrutar del momento. Los niños, en sus cunas, eran un gran alivio para eludir la charla de Mateo. Lucrecia Moreno, sentada junto a Felisa, intentaba entablar una conversación con ella sobre sus asuntos preferidos, los meteorológicos, sin olvidar repetir cada cinco minutos lo precioso que había sido el día y lo hermosos que estaban los niños. Felisa suspiraba y al final casi ni le contestaba, mirándola con sorpresa a cada comentario absurdo, sin que la joven pareciese regular un ápice la manifestación oral de sus tediosos pensamientos.

Pedro hijo y Héctor Moreno hablaban de una nueva remesa de cabezas de ganado que los Rengel habían comprado, pues estaban decididos a convertir El Espejo en una de las ganaderías más importantes del territorio y, pese a que era la conversación con más contenido de aquella reunión, también callaron cuando me vieron aparecer con Isabel Acosta, que, un poco débil, debía apoyarse en mi brazo. Enseguida Lucrecia celebró que se uniera a ellas y le ofreció su asiento, pero la niña Isabel prefirió sentarse en un banco más cómodo que había junto a la ventana.

Dimas, que estaba invitado a la Casa Acosta como padrino de Alejandra, se había ausentado después de la ceremonia, pues quería regalar a los niños unas ocarinas con forma de pájaro, que al soplarlas parecían imitar el canto del mirlo.

Llegó un poco después que Isabel, sin apenas tiempo de limpiarse el barro de las manos, pues mientras el regalo de los bebés se secaba, había estado modelando en el torno otros cacharros. Tenía los pantalones y las botas sucias, el pelo con los rizos enmarañados y manos, antebrazos y codos manchados de ese color arcilloso que tanto costaba quitar, especialmente de la ropa. Saludó a todos con un gesto amable, sin mucha ceremonia, para después dirigirse directamente a Isabel, a quien conocía desde niña, y le ofreció el regalo para sus hijos, mostrándole el sonido que emitían. La sorpresa de aquel silbido despertó una breve sonrisa en Isabel Acosta, que enseguida se mitigó, pues todos se acercaron para ver el curioso objeto que había hecho Dimas. Todos menos Lucrecia Moreno, que permaneció sentada y con la espalda recta:

—Pedro, ¿podrías pedirle al alfarero que me acerque el invento? —le susurró al mayor de los Rengel, después de haber tenido que llamar su atención con un breve golpecito en la espalda.

Y con aquella petición se hizo un pasillo entre Dimas y el asiento de Lucrecia que captó toda la atención de los invitados. Claro, claro, dijo Dimas distendido, sin entender el porqué de aquel boato, y se acercó a Lucrecia con tan poco tino que el barro aún fresco de sus pantalones rozó el vestido inmaculado de la joven, dejando un rastro de motas marrones, como si le hubiesen rozado con una brocha a la que le faltase pintura.

Dimas se disculpó ante el gritito de estupefacción de Lucrecia al ver su vestido nuevo ensuciado por la arcilla, pero la reacción de Pedro hijo, sin duda azuzada por la consternación de su adorada Lucrecia, fue algo más desproporcionada, pues humilló al alfarero delante de todos, incluso de Afrodisia, pegándole un grito de ten más cuidado, Dimas.

—A esta casa se viene aseado y con la ropa limpia —dijo con un tono de desprecio que llamó la atención de su propio padre, Pedro Rengel, que no había conocido el agua a diario hasta que se casara con Felisa y entrara a vivir en la Casa Acosta, y al que sin duda le costaba recordar cuántas veces se había lavado durante toda su infancia nómada.

Supongo que fue en atención a su madre por lo que Dimas apretó la mandíbula, callando la respuesta que sin duda rozaron sus labios. Enderezó la espalda y apretó los puños, mirando fijamente a Pedro hijo.

—La yema de huevo es buena solución —anuncié a Lucrecia como si estuviésemos solas en aquella estancia—. Aplica la yema sobre la mancha para que desaparezca más fácilmente y después aclara la prenda con agua tibia. Si la mancha persiste, puedes intentarlo con un poco de alcohol.

—Gracias, Isabel —contestó con ese tono condescendiente del que no podía desprenderse, aunque me sorprendió que recordara mi nombre.

La distracción sirvió para que Dimas se disculpara porque debía volver al trabajo, esto hizo que por unos minutos aquel murmullo volviera a la habitación, pero entonces Isabel Acosta, que había estado mirando por la ventana durante todo el episodio, se levantó del sillón, esta vez sin pedir ayuda, y tambaleándose se acercó hasta Pedro hijo, que se puso en guardia al ver acercarse a la que no miraba desde hacía meses. Por un momento pensé que iba a tener uno de sus ataques, que iba a empezar a recriminarle todas las cosas horribles que le había estado haciendo, pero sin dejar de mirarlo empezó a recitar:

—Hijas de Jerusalén, yo os conjuro por las gacelas y las ciervas de los campos, no despertéis ni desveléis a mi amada antes que ella quisiere. —Y volviéndose a Mateo con expresión enajenada, le recordó—: Tu adorada Biblia, Mateo. Mira cómo tus enseñanzas han llegado finalmente a mi alma.

Mateo, viendo el estado afectado de la pobre Isabel, no quiso contestarle. Todos callaron y ella siguió avanzando por la habitación. Cuando llegó donde estaba Lucrecia se agachó y, tocando la mancha de barro de su falda, le susurró:

—¿Dime, Gacela, qué te ocurrirá, qué nos ocurrirá a todos, cuando te alcance el lobo?

Luz de podredumbre

Con la lana de las ovejas que esquilaban antes de que llegaran los meses calurosos se hacían todos los colchones para las camas de Aljuariz. También, claro está, los de la Casa Acosta. No eran cómodos esos colchones, al menos no tanto como los de ahora. Cada día había que darles la vuelta y mullirlos, como la tierra alrededor de la cepa, porque durante la noche la lana se comprimía y el lecho perdía cualquier atisbo de comodidad que hubiera tenido en los primeros sueños, pero por aquel entonces a casi todo el mundo le parecía un signo de la prosperidad de Aljuariz el mero hecho de tenerlos. Y digo casi porque al ama de cría que trajo Lucrecia Moreno para que amamantara al hijo de Pedro e Isabel le producían unos sarpullidos enormes. Cada mañana aparecían dibujadas sobre la espalda, las piernas, los brazos y la barriga aquellas ronchas que formaban dibujos deformes y que a la pobre le picaban y escocían de manera insoportable. Yo le aplicaba sobre la urticaria rodajas de cebolla y se las vendaba, pero la peste que desprendía durante todo el día hacía que el niño no quisiera el pecho y llorase desconsolado cada vez que aquella momia con olor aliáceo se le acercaba para darle de comer.

Pensaron que no podían tener a la mujer sufriendo de ese modo por una simple alergia, además, el niño tenía que alimentarse y, como implacable remediadora de los problemas de la Casa Acosta, apareció Lucrecia anunciando que su colchón no era de lana, sino de algodón, se lo había comprado su padre hacía años porque a su piel delicada no le sentaban bien otros materiales más toscos.

No podría calcular cuántas alergias, más o menos acusadas, le descubrimos a la dama en aquel tiempo. Era imposible que pudiera sentarse en los butacones que había en el jardín porque algunos de los gatos que deambulaban medio huérfanos por la casa dormían allí algunas veces y ella no podía ni acercarse, así que expulsaron a los pobres bichos y me dijeron que mandara a lavar con agua caliente los cojines de los asientos. La mitad de las comidas que hacía Afrodisia tenían ingredientes que le sentaban mal, y le pasaron una lista con lo que podía y no podía cocinar cuando los Moreno venían a almorzar. Ningún jabón que se hacía en Aljuariz le servía, pues la piel se le escamaba, y su padre o su hermano, o los Rengel, cuando hubieron caído en la trampa, viajaban muchos kilómetros para traerle un gel especial que no le provocara sarpullidos. No nos sorprendió entonces que también fuese alérgica a la lana, pero sí que mientras esperaban el colchón de algodón, que ella misma encargaría para la nodriza, le ofreciera a esta compartir su cama cada noche.

Era un acto de generosidad que los Rengel alabaron, dado el buen corazón de su querida amiga, pero en la cocina no dejó de escamarnos que alguien tan estirado, que ni siquiera nos dirigía la mirada cuando entraba en la Casa Acosta, se dignara a compartir cama con una simple ama de cría. Era obvio que quería pasar más tiempo con el hijo de Pedro, al que todavía había que darle una toma de madrugada.

Cuando Isabel Acosta se enteró de que cada noche su marido y su hijo dormían en casa de Lucrecia Moreno, subió al desván y estuvo un mes allí encerrada, sin que ninguno de los Rengel se percatara de su ausencia. Allí solo había polvo y bichos, y algunos trastos viejos que trajo Felisa cuando se casó, nada de valor, pues todo lo vendimos tras la muerte de Darío Acosta. Sí estaba el viejo baúl en el que había transportado su ropa, y allí se metía Isabel para dormir, como si estuviera entrenando para cuando le tocara el ataúd, aunque tenía que sacar las largas piernas fuera, pues, si grande era el baúl, más alta era ella. Yo le subía a tu madre para que le diera el pecho al menos dos veces al día, el resto nos las apañábamos con la leche de las cabras y una papilla que empezamos a darle poco a poco. Cuando estaba allí aprovechaba también para alimentar yo a la madre, pero tardaba más de una hora en tragar lo que le llevaba y solo porque no me separaba de ella. Tenía que meterle yo misma la cuchara llena en la boca.

De madrugada sentía crujir las escaleras del desván, pero no paraba en la planta donde estaban los dormitorios, sino que seguía bajando, directa hacia la cocina. Iba hasta allí para avivar el fuego quedándose hipnotizada durante horas frente a la lumbre. Yo me levantaba algunas noches y me sentaba a su lado en silencio, pues en aquellas horas enajenadas, la niña Acosta parecía haber perdido las fuerzas para tener una conversación normal. El espejo de sus ojos solo mostraba aquellas tímidas llamas, como reflejo de un alma errante que pudiera observar pasado y futuro, sin apreciar diferencia entre lo que ya había sido y lo que quedaba por venir. Probablemente el recuerdo del fuego había quedado implantado en su mente después de haber presenciado aquel incendio que quemara el antiguo granero, pues alguna vez habíamos comentado de manera feliz, cuando los Rengel todavía eran nuestros amigos, cómo aquel rayo destructor que lo provocara también había traído a los pelirrojos hasta la casa.

Viendo a Isabel frente al fuego siempre vivo de la cocina, recordaba su cara aquella noche en que la pillé gateando hacia las llamas sin ningún temor, mientras las Madres de la Tierra y los pastores que vinieron a ayudar hacían una cadena desde el fuego hasta el lago para apagarlo con los pocos cubos que teníamos.

También era la primera en saltar en las piras del primer equinoccio, cuando quemábamos las tierras más castigadas preparándolas para una nueva siembra, y, si Pedro hijo empezaba a hacer pólvora para sus armas, ella no consentía en separarse de él hasta que este le dejaba mezclar a ella misma los ingredientes. Los niños de Aljuariz la seguían entonces, obnubilados con la magia que provocaba con sus manos, pequeñas explosiones de las que todos salían huyendo entre risas y miedo.

Pero cuando le vino la primera regla le dijeron que ya no debía interesarse por esos juegos y, por insistencia de Pedro, empezó a pasar más tiempo con Mateo, que ya estaba en el convento, y menos con los niños del pueblo. Aunque había aprendido a coser y a bordar con Felisa desde antes de cumplir los nueve años, en esa época fue cuando más tiempo empezó a pasar con su madre haciendo labores, hasta que llegara el momento de casarse. La atracción de la niña Isabel por el fuego había quedado relegada a una especie de afición infantil que solo regresaba en momentos puntuales de su vida. Sin embargo, en aquel tiempo su obsesión por el elemento empezó a preocuparme. Si al principio solo se quedaba en la cocina para avivar las ascuas y observar las llamas, al poco tiempo empezó a bajar hasta la orilla del lago a encender ella misma una hoguera, alrededor de la cual caminaba y hablaba frases sin sentido. Una noche de finales de primavera quise ir con ella, atraída en parte por la magnífica fortaleza que, pese a los desplantes de Pedro y el sufrimiento por su abandono, estaba adquiriendo Isabel frente a aquel fuego purificador.

—Mi corazón es el hogar, la llama es el yo domado —me dijo cuando le pregunté por qué necesitaba tanto aquel calor—. Estas llamas consiguen transformar todos los males a un estado sutil, ¿no lo ves?

Y elevó la mirada hacia el cielo oscuro de la noche, donde el fuego desaparecía. Tenía el camisón manchado de cenizas, iba descalza y con la melena suelta tapándole la cara de expresión cautiva.

—Con el tiempo —prosiguió— los incendios embellecen los campos con un manto de naturaleza viva y el cereal inservible perece allí sin defenderse, para florecer luego en el brote verde. Es necesario absorber lo que ya no dará frutos, lo yermo o nocivo, para regenerar la vida, para curar el corazón de la tierra roja, como lo hacen el fuego del rayo o del sol.

Después las dos permanecimos en silencio, ella con la mirada al infinito del crepitar amarillo, yo buscando a la niña que una vez había sido, intentando encontrar en su locura algún rasgo que anunciara la presencia de la verdadera Isabel Acosta en el cuerpo de aquella mujer perdida. Una salamandra, atraída por la luz, se había colocado junto a ella mientras esta terminaba su discurso. Se agachó hasta la tierra y la sostuvo con cuidado entre las palmas de sus manos. Era un animal precioso y extraño, dócil con la niña Isabel, como las serpientes y las llamas. Se acercó la palma derecha, en la que la salamandra reposaba tranquila, y la besó.

—La búsqueda de la pureza requiere sacrificios —le dijo, y sin mirarme ni una vez para buscar mi aprobación en algo de lo que estaba haciendo o diciendo, arrojó la salamandra al centro del fuego.

Todo Aljuariz sabía a esas alturas que Pedro hijo pasaba las noches en casa de los Moreno, y que la nodriza del niño también estaba allí, aunque por la mañana ambos volvían a la Casa Acosta, él mucho más temprano, casi al alba, por recomendación de su hermano Mateo, que si bien no se atrevería nunca a desaprobar cualquier cosa que hiciese su hermano, o al menos a decírselo, vio necesario alertarle sobre la importancia de mantener ciertas formas, más que nada por conservar la virtud de Lucrecia, pero también el poder sobre la hacienda. Que no pensara nadie que estaba desatendiendo la Casa Acosta, donde al fin y al cabo residían sus derechos. Por este motivo salía antes del amanecer. Decían que entonces podía verse a la señorita Moreno desde su balcón, escondida detrás de los visillos, mirar cómo el hombre que debía ser su marido se marchaba una mañana más de la casa.

Afrodisia renegaba entre dientes que las Madres de la Tierra no trabajaron hasta convertir en fértil este secarral para que las mujeres solo se preocuparan por lo que hacen los hombres. Sin embargo, yo no dejaba de admirar la estrategia imbatible desarrollada por Lucrecia, principalmente porque su fin último era librarse de trabajar en cualquier cosa que no fuera su propia imagen, renunciando, eso sí, a la vil humanidad que a todos nos iguala, y convirtiéndose en un ser virtuoso, cercano a algo intangible, divino, colmado de reglas que había que superar para poseerla, rodeada de un halo de prohibición y misterio que casaba a la perfección con el deseo de poseer que Pedro hijo albergaba desde que deambulaba por los pastos con su padre. Comprendí que el fallido camino de perfección al que había sometido a Isabel Acosta desde niña, lo veía ahora resuelto con superioridad en la figura de Lucrecia y, por lo que habíamos oído, se proponía sustituir a la una por la otra. Mateo Rengel intentaba que su matrimonio con Isabel se diese por anulado debido a la locura incurable de la esposa, que ni siquiera era capaz de cuidar de sus hijos y que llevaba un mes, ya lo sabían, encerrada en el desván.

Una tarde pillé a Lucrecia paseando sola por lo que con los años habíamos convertido en un jardín abierto, desde el cual se iniciaba el camino que llevaba hasta el lago. Parecía contar los rosales y las lilas, las petunias y los nardos, como quien cuenta la cubertería de plata o la vajilla. Se acercó hasta el porche y se sentó junto a la fuente que estaba pegada a la pared para refrescarse un poco, pues era un día de bastante calor y ella, tapada hasta las orejas con un bonito vestido amarillo, debía estar ardiendo por dentro. Pedro llegaba sucio y manchado de marcar las últimas piezas de ganado que habían nacido ese año, y el contraste entre la pulcritud de Lucrecia y su aspecto sudoroso y sucio debió excitar a ambos, pues se quedaron callados uno junto al otro por un espacio de tiempo que pareció parar todos los relojes, él observando cómo la muchacha se refrescaba las sienes con un pañuelo mojado, absorto frente a la imagen de Lucrecia reflejada en el agua de la fuente, mientras ella se dejaba admirar con una complacida pasividad que escondía un gesto de entrega.

Nunca sabré si fue aquella idea mía la que desencadenó la desgracia en El Espejo de Diana, pero esa tarde me vi obligada a hablar con Isabel para contarle lo que los hombres se proponían hacer, con la intención de que el miedo a perderlo todo la obligara a bajar del desván, asearse, fingir que era una mujer normal, una buena madre, alguien presente a quien no podían quitar de en medio a capricho. Pero la normalidad era algo que las mujeres de la Casa Acosta no sabíamos medir, ni siquiera yo, que podía intuir como el buen comportamiento impuesto por Mateo Rengel no era más que una trampa para nosotras. Sin embargo, Mateo nunca me alertó sobre la reclusión de Isabel en el desván y, si alguna vez vio los fuegos que provocaba por las noches junto al lago, no preguntó ni los impidió en modo alguno, más bien se lo reservó para engordar los argumentos con los que pretendían anular la existencia de la niña Acosta.

Podríamos haber evitado, especialmente yo, que Felisa se casara con Pedro Rengel, incluso, con algún esfuerzo, que lo hiciera la niña Isabel con Pedro hijo. Podríamos haber intentado que las Madres de la Tierra siguieran obteniendo bienes sobre lo que ellas trabajaban, para no darles tanto poder a los hombres de la Casa Acosta, bajo el beneplácito de todos los de Aljuariz. Podríamos, tal vez, habernos hecho dueñas de la religión, en lugar de permitir que los Rengel impusieran una moral contraria a nuestras costumbres. Pero lo que nunca habríamos podido impedir, porque no hay ninguna ciencia que obre esas justicias, es que amaneciera aquel espantoso domingo de junio.

El alba trajo una espesa calima, dejando el lago casi oculto bajo un polvo del color de la tierra seca cualquier día de verano, suspendido sobre la superficie. Tenía la ventana de mi habitación abierta y hacía no más de una hora que había oído la puerta de Pedro abrirse y cerrarse, como cada mañana desde no recordábamos cuándo. La casa estaba en silencio y no había ningún rayo de luz sobre el mundo que nos fuese a despertar todavía, pero aquel polvo empezó a colarse por mi habitación como vaticinio del terror. Pensé en Alejandra, que solía dormir conmigo, y quise sacarla a la ventana para que respirara, pero me di cuenta enseguida de que la asfixia venía de fuera. Al asomarme me asusté, pues parecía que el cielo y la tierra se habían dado la vuelta, dejando arriba la nube de calima y abajo el agua oscura de El Espejo de Diana. Pero el vuelco al corazón me vino cuando me di cuenta de que Alejandra no estaba en su cuna.

Algo se movió, rompiendo la separación entre la nube de polvo y el agua quieta; una onda que anunciaba la proa de un bote cruzando el lago desde el centro, de la que surgió la figura de una mujer de espaldas remando hacia la casa con ritmo y fuerza. Distinguí perfectamente a Isabel Acosta regresando del infierno. Bajé para preguntarle dónde estaba su hija, pero enseguida la vi dormida en el camastro que Afrodisia tenía para ella en la cocina. No me dio tiempo a cogerla porque el persistente olor a muerte ya lo invadía todo. Cuando salí la loca Isabel había dejado la barca sin amarre a varios metros de la orilla y caminaba hacia la Casa Acosta con el paso firme. Se dirigió hacia mí, apenas tenía resuello por el esfuerzo y la adrenalina gastada, pero colocó su mano sobre mi hombro, como para apoyarse y coger aire, y musitó:

—A él lo vamos a dejar por ahora. —Miró hacia el balcón del dormitorio de Pedro—. Que sea la culpa por haber causado todo este dolor la que acabe con él.

Entonces cerré los ojos y me tapé los oídos, no quería oír nada más, no quería saber cómo había esperado a que Pedro regresara para salir silenciosa, cómo había entrado con cuidado en casa de los Moreno y había rociado escaleras, pasillos y puertas de habitaciones con pólvora hecha por ella misma; cómo había encendido varios fuegos en toda la casa, calculando el tiempo perfecto para salir corriendo y estar lejos de Aljuariz en el momento en el que muebles y puertas estallaban, habitaciones ardían y cuerpos dormidos se asfixiaban con apenas tiempo para averiguar lo que les estaba sucediendo.

Muchas horas después encontrarían el torso quemado de Héctor Moreno, el único que había logrado salir de su habitación, pero que no sobrevivió a la llamarada que invadía el resto de la casa. Ni el hermano de Lucrecia ni Lucrecia ni el ama de cría lograron salir de las habitaciones, pues el calor expandió la madera de las puertas.

Encontraron los tres cuerpos calcinados, pero ni rastro del hijo mayor de Pedro e Isabel, que supuestamente dormía en una cuna en el dormitorio de Lucrecia. Al principio pensaron que al ser tan pequeño y el fuego tan grande, de su cuerpo no habían quedado más que cenizas, pero cuando la calima se levantó y el cielo volvió a estar en su sitio, Pedro hijo se asomó al lago y vio el bote de madera navegando a la deriva de una orilla a otra. Sacaron los pocos barcos de pesca que había con hombres que supieran nadar y buscaran en las profundidades de El Espejo algún indicio de que allí yacía el cuerpo del niño. Bucearon durante días y luego sacaron las redes de arrastre, ya con miedo a encontrar el cadáver descompuesto del bebé, pero no hallaron nada. Pedro ordenó que regresaran, la ira se había vuelto contra la loca Isabel y quería a todos los hombres y mujeres de Aljuariz buscándola a ella.

A mí me encerró en el granero y estuvo golpeándome dos días con sus dos noches para que le dijera dónde estaba tu abuela, pero lo único que consiguió de mí fue que le confirmara lo que ya sabía, que su hijo descansaba en El Espejo de Diana y que jamás encontrarían su cuerpo.

LAS MADRES DE LA TIERRA

Ojalá pereciera la discordia para los dioses y para los hombres, y con ella la ira, que encruelece hasta al hombre sensato cuando más dulce que la miel se introduce en el pecho y va creciendo como el humo.

HOMERO, *Ilíada,* Canto XVIII

En el bosque de sabinas

El mundo se ha acabado demasiadas veces, por eso ninguna de nosotras sabría contar cuántas lunas han pasado desde que el hombre convirtió a la mujer en su enemiga. Igual que las estaciones se suceden con tediosa puntualidad, que los vientos llaman al predecible cambio, que caen las hojas de los árboles, que el polen de las plantas replica la vida, igual que pasa el frío en invierno y el bochorno de la tarde alarga los días de verano, igual nosotras, día tras día, seguimos sintiendo en la nuca el aliento de las mujeres muertas que se unen a nuestro coro.

El artefacto del tiempo es tan tedioso que cada amanecer parece el segundero del primer reloj del mundo; el único latido irregular que oímos es el de la tierra sufriente, temerosa de que llegue una nueva plaga que repita los mismos errores y todo vuelva a destruirse, pero es inevitable que los vivos sigan moviéndose, como lo es que las madres de las especies sigan engendrando a sus crías.

Todo lo que sabemos nos lo contamos entre nosotras. Aprendimos que la memoria solo sobrevive en nuestras narraciones, el resto, tarde o temprano, se convierte en polvo, incluso en este presente, en el que existen los libros, apenas miramos lo que hay dentro, preferimos observar a los vivos y escucharnos unas a otras. Siempre ha sido así, aunque el espacio ha ido variando y en ocasiones los susurros se convirtieron en gritos de guerra, y hubo más muertes y menos nacimientos, más dinero y menos derechos, más moral y menos magia, hasta que todo volvía al lugar de donde había partido, porque nuestra historia es una tela que se teje y se desteje cada noche de los tiempos, Penélope insomne que sigue cosiendo vidas sin futuro.

Como las que aprendimos a trabajar la tierra para conquistarla, madres que fertilizamos lo yermo, nuestras voces prevalecen en la memoria porque conocemos los relatos de las mujeres que tuvieron que esconderse en las Cuevas, pues las ciudades y los pueblos solo les ofrecían rechazo. Escuchadlas, cada una lo cuenta a su manera, pero todas coinciden en el velo, que era entre gris y ocre. Un velo de puntas inalcanzables que nubló la vista y los cielos, dicen. Un velo de polvo que cubrió los campos y los cultivos. Un velo que hizo desaparecer la luna durante meses, dicen. El firmamento ya no fue claro y dejaron de brillar las estrellas, dicen, porque una nube gigante de partículas de azufre fluyó a través de la estratosfera oscureciéndolo todo, antes de posarse finalmente en la tierra. Pero entonces ya vivíamos en la escasez, y las pocas familias que fuimos quedando sobre este lugar huimos lejos de todo lo que había sido civilizado, porque allí ya solo existía la jauría.

Nosotras, las que llegamos a aquellas Cuevas, dejamos de contar décadas; las nietas escuchaban las historias de las abuelas, y así íbamos transmitiendo lo que recordábamos y lo nuevo que aprendíamos, en una amalgama de conocimiento que fue formando nuestra propia vida. Con cada generación resultaba más difícil desbrozar lo que era real y lo que era fantasía, pero así fue como creamos nuevas verdades que nos hacían dormir tranquilas por las noches, aunque las Cuevas fueran inhóspitas y mantener el fuego con vida se convirtiera en el centro de nuestras obsesiones.

También estaban las sabias que organizaban los ritos, dándole sentido a lo cotidiano; curaban y prevenían, salían al campo y observaban lo que la tierra iba ofreciendo poco a poco para subsistir y dar remedio a los nuevos males y miedos que iban surgiendo. Ellas sabían cosas útiles, como que si calcinábamos las rocas calizas obtendríamos cal para cubrir las paredes de las Cuevas y conservar mejor la temperatura y evitar nidos de bichos y avisperos.

Daba igual que fuera invierno o verano, en las Cuevas siempre teníamos la misma temperatura, más cuando empezamos a picar la roca hacia las entrañas de la tierra para hacer crecer las casas al mismo tiempo que crecían las familias. Nos quedamos allí porque temíamos los peligros de la intemperie, pero sobre todo porque las hoces sobre las que las Cuevas horadaban la roca formaban la ribera del río Íznar, un afluente no muy caudaloso que nos proporcionaba lo poco que necesitábamos entonces.

Con poca dificultad empezaron a llegar gentes que vendían lo que nosotras no sabíamos hacer, cacharros de barro, bolsas y cortinas de alpaca que traían los buhoneros, a los que acogíamos unos días para darles comida y agua.

Crecieron las familias como crecieron las Cuevas, pero no fuimos nosotras las que agotamos el agua del río, sino una de las muchas sequías que han modificado nuestras vidas a lo largo de los tiempos. Primero fueron los pequeños huertos que habíamos sembrado cerca de las orillas; daban menos alimento, con frutos pequeños que tardaban más en germinar. No llovió en más de seis meses, el poco caudal del río fue convirtiéndose en un hilo de agua que apenas daba para lo básico y cuando realmente empezamos a tener sed salimos a buscar más vida.

Fueron las sabias las que nos indicaron la dirección del mar, pero las primeras en llegar al bosque de sabinas fuimos nosotras, las Madres de la Tierra. Habíamos plantado aquellos huertos y aprendido el comportamiento de la tierra, nadie mejor entonces para encontrar un lugar fértil de donde manara el agua con menos escasez que en nuestro triste río.

El bosque era el límite del mundo que conocíamos, lugar en el que se reunían las sabias y donde se encontraban muchos ingredientes y materiales importantes. Nadie había querido traspasar el paisaje umbrío de aquellos árboles, pero allí tampoco había más alimento para la tierra que el que proporcionaba el rocío de la mañana, así que seguimos hacia delante, andando un par de días más en la única dirección que nos habían indicado.

Por eso la primera vez que llegamos a El Espejo de Diana pensamos que aquello era el mar. Entramos hacia la orilla desde un antiguo camino trazado que, si bien estaba bastante diluido por la maleza, marcaba claramente una dirección hacia el horizonte de agua que ya vislumbrábamos. Sin embargo, no fue el lago lo que nos sorprendió, sino unas extrañas lastras de mármol salpicadas entre los campos de trébol, amapolas y dientes de león, que conducían a la parte trasera de una estructura grandiosa. Nos dio miedo entrar directamente, así que rodeamos la construcción hasta encontrarnos, en la cara sur que miraba hacia el lago, un frontal de seis columnas sobre el que se asentaba un arco triangular. Desde allí pudimos ver la circunferencia completa que formaba aquella mole de agua y, si bien en ese momento no supimos cómo nombrarlo, pronto decidimos que no podía ser el mar, pues las sabias nos habían dicho que en su horizonte no se veía más que agua y desde aquel templo podíamos atisbar la orilla que lo dibujaba. Bajamos un poco y nos cercioramos de que el sabor no era salado, saciando una sed que arrastrábamos desde hacía algunas horas. En sus orillas encontramos calas blancas y en los alrededores las mismas plantas que usábamos en las Cuevas, salvia morada, melisa, tomillo y orégano. Nada coincidía con lo que nos habían descrito, menos aún el templo que presidía aquella orilla y que seguro podía verse desde cualquier punto del lago.

Así lo llamaron cuando regresamos a las casas cueva y les contamos a las otras todo lo que habíamos visto. Algunas se sorprendieron al comprobar lo cerca que habíamos tenido el agua dulce durante todas aquellas décadas, sin que la curiosidad lograra vencer a la tranquilidad que por aquel entonces habíamos construido para nuestras vidas. Había un miedo atávico a lo desconocido y al cambio, traído de las funestas historias sobre lo que los hombres hacían con las mujeres más allá de las Cuevas, y ese miedo parecía estar arruinando esa característica inevitablemente humana de buscar más allá del horizonte conocido. Ahora que la necesidad nos empujaba, teníamos que salir a buscarlo.

Fue en esa primera narración cuando descubrimos la figura que presidía aquel lugar, pues después de beber agua, explorar los alrededores, descansar y cerciorarnos de que el sitio era seguro, nos decidimos a entrar por la puerta principal, donde estaban el arco y la columnata. Hacia el interior del templo, los restos de una escalinata mohosa y de piedra gastada servían de acceso a la cámara interior, y en una pequeña plazoleta se encontraba el altar. De las antiguas columnas laterales que debieron rodear aquel lugar no quedaba prácticamente nada, por lo que el espacio desde dentro no daba en absoluto una sensación de intimidad o misterio. Todo lo contrario, por allí se habían colado las mismas plantas que encontramos alrededor de las orillas, y la piedra, que en algún momento habría sido de colores y después blanca, se vestía ahora con toda la gama cromática del bosque, en una suerte de mimetismo con el paisaje que te hacía dudar de si estabas fuera o dentro del templo.

Le contamos a todos los que nos escuchaban entonces que al levantar la vista sobre el altar solo vimos una figura deformada de lo que debía haber sido una mujer. No había cara y el cuerpo estaba erosionado, dejando intuir la piedra quebrada, lo que debió ser el brazo derecho de la estatua. Al rodear el altar, sin embargo, vimos que la forma del brazo izquierdo seguía intacta hasta dibujar una mano que sostenía la cornamenta de un ciervo con su cabeza, aunque del cuerpo ya no había ningún rastro, y en la parte posterior, colgada sobre la espalda, una bolsa con dos puntas de flecha donde debió haber al menos diez.

Poco después empezamos a llamar al lago como ahora, El Espejo de Diana, y, aunque nos olvidamos de la diosa cazadora durante algún tiempo, las sabias dijeron que teníamos que empezar a sembrar cerca de ella, pues la luna que allí asomaba protegería mejor las cosechas.

La distancia entre las casas cueva y los primeros huertos que labramos cerca del lago era demasiado grande, a más de dos días de camino, y nos resultaba difícil desplazarnos allí cada jornada para vigilar la tierra. Empezamos a construir algunos barracones de adobe para guardar los aperos y muchas veces, si no habíamos terminado el trabajo, dormíamos allí mismo. Algunas familias construyeron casas cerca del bosque de sabinas para estar a mitad de camino entre las Cuevas y el lago, y en medio se empezaron a multiplicar otras muchas que conformaban la ruta que debíamos hacer prácticamente cada día. Con el paso de los años casi todo el mundo se trasladó apenas a un par de kilómetros de El Espejo, no más cerca por miedo a que las tormentas hicieran subir el nivel del agua y anegaran el pueblo que pronto sería Aljuariz.

Desde allí era más fácil recibir a los vendedores ambulantes con las cerámicas, la alpaca, la tela y la miel, por eso se estableció un día de mercado, pues la aldea había previsto una plaza para que pudiésemos celebrar allí las contadas nocturnas en verano, y también otras fiestas que empezaron a alumbrar el principio de cada solsticio.

Estas celebraciones traían a comerciantes de todas partes, y una primavera como otra cualquiera llegó hasta nosotras Darío Acosta. El herrero proyectaba una imagen grotesca, debido en parte a la arsenicosis que al parecer padecía toda su familia, pero también por su propia naturaleza. Tenía las piernas torcidas y unos brazos de largo desproporcionado con respecto a su baja estatura, además de un aspecto osezno nada atractivo que se empeñaba en mostrar, yendo siempre con la barba larga y el torso desnudo cuando hacía calor. Tenía el cuerpo musculado por trabajar de sol a sol con el martillo y el yunque e ir cargando con su material de un lado a otro. Se hacía acompañar de algunos familiares, hombres parecidos a él, que le ayudaban con las cargas más pesadas. A veces aparecía con la cuadrilla y otras llegaba a la aldea él solo, dependiendo de la mercancía que trajera y del tiempo que pretendiera quedarse cerca del lago.

Pese a esa imagen desagradable que no dejaba a nadie indiferente en el pueblo, Darío Acosta era un hombre respetado porque fabricaba dos cosas fundamentales para nuestra vida: las herramientas para la labranza y las campanas para los funerales. Por eso, pese a su aspecto, su labor en la fragua le otorgaba un poder casi benéfico, relacionado con su función transformadora del metal, y no tan solo en objetos útiles para la vida, sino también, y lo que es más importante, para la muerte.

La celebrábamos con el rito de las dos campanas, que apenas ocupaban la palma de una mano, por lo que cualquiera podía hacerlas sonar sin esfuerzo. Envolvíamos una de las dos en una tela blanca y la enterrábamos con el difunto, mientras que la otra la llevábamos al bosque de sabinas y la colgábamos de un árbol, a merced de la percusión del viento. No había un tiempo estipulado para hacer resonar la pena, pero casi siempre se hacía durante tantos días como años había vivido el muerto. La más relevante era la campana enterrada, pues mientras subsistiera con el vestido de la tierra permanecería en nuestras mentes la memoria de su acompañante. No había más potencia divina entonces que el talán de las campanas.

Cuando las más jóvenes nos reíamos de Darío Acosta y su caminar torcido las sabias nos mandaban callar.

—El color ideal de la forja es el blanco —nos decían—, pero para verlo hace falta que el herrero trabaje en la oscuridad. Igual ocurre con Darío, todo lo que le rodea parece oscuro, pero su esencia está regida por la claridad.

Confiar su amistad a Darío Acosta fue uno de los muchos errores que cometieron las sabias.

A un kilómetro del templo de la diosa, andando hacia el oeste, por donde también se llegaba hasta Aljuariz, pero sin separarse del trazado de la orilla del lago, había una vieja casa de la que apenas quedaban los cimientos y algunas paredes. Estaba casi tan cerca del agua como la propia Diana y, además, era anterior a nuestros recuerdos, por lo que nunca quisimos saber nada de ella. Tal vez las niñas se acercaran a ella alguna vez jugando cerca del lago, pero si nos enterábamos les reñíamos severamente; la curiosidad era entonces más débil que el miedo.

Con ayuda de sus hombres Darío Acosta cercó la tierra colindante, metiendo dentro el templo de la diosa, y nos pidió que también plantásemos allí, podríamos llevarnos una parte de todo lo que cosechásemos y a cambio tendríamos su protección. Él se encargaría de que los hombres de la Iglesia, los verdaderos dueños de todo aquello, nos dejaran tranquilas.

No necesitábamos ninguna protección, le decíamos, pero él nos convenció de lo contrario, primero, hablando de la prosperidad y la consecuente envidia que despertaría pronto Aljuariz entre otros pueblos no muy lejanos, cuando se enterasen de que había cerca tal cantidad de agua dulce y que de ella se estaban aprovechando las Madres de la Tierra. Después hubo algunos incendios que acabaron por persuadirnos, pues entonces no podíamos sospechar que eran provocados por él o por alguno de sus ayudantes. Al final transigimos y empezamos a trabajar también sus tierras, sin saber que con ello dibujábamos en Aljuariz la primera letra de la palabra *dueño*.

Para alejar la religión traída por los hombres, que iba y venía dentro de libros, y de algún monje que por allí pasaba de vez en cuando, nos resistimos a la tentación de convertir el templo de Diana en nuestro propio templo, cosa que sí harían los Rengel décadas después, corroborando el peligro de aquellos cultos frívolos.

Nuestro templo seguía siendo la tierra, donde residían los poderes fertilizantes que nos alimentaban, y sus paredes y sus columnas no iban más allá de los árboles del bosque. Las ramas de las sabinas eran el único púlpito que algunas de nosotras conocimos, y de ellas colgaban las campanas de los muertos y las pieles de los animales que secábamos para hacer el cuero, aunque teníamos noticia de que las sabias los habían usado como víctimas en algunos ritos nocturnos.

Pero nosotras ni hablábamos ni opinábamos sobre los trabajos de estas, aunque procurábamos hacerles caso en todo lo que nos aconsejaban. Preferíamos dedicarnos a nuestra agricultura, y durante los años que intercambiamos poder por protección con Darío Acosta no fueron del todo mal las cosas, aunque las tierras que él nos había pedido cultivar no serían fértiles hasta al menos diez años después, cuando Isabel Maldonado se empeñó en que allí germinara el grano. Darío consiguió que las pocas sabias que vivían en Aljuariz regresaran a las Cuevas o se instalaran en algunas de las casas de adobe que había alrededor del bosque de sabinas. Durante algún tiempo, él mismo les procuró el sustento e incluso construyó algunas de aquellas casas. No le importaba que siguieran haciendo su magia en el bosque, y que fuésemos a consultarles cuando necesitábamos de su intervención, pero no las quería rondando por su territorio; sabía que ese poder no le beneficiaba y que alejándolo perdería parte de su fuerza.

Mientras tanto el herrero vivía muy bien de su oficio y de nuestro trabajo, y se permitía opinar sobre todas las transacciones que se hacían en Aljuariz, especialmente en los días de mercado. Entre otras cosas, era él quien supervisaba qué comerciantes podían vender su mercancía y cuáles no, y con el tiempo fue cobrándoles también un pequeño impuesto por poder trabajar allí. A las buhoneras que le gustaban les pedía otros favores, y muchas aceptaban por ahorrar, aunque a otras les costaba hacer según qué cosas con aquel cuerpo deforme. Una de ellas se llamaba Adela Maldonado, de busto delgado, caderas anchas, piel cetrina y nariz aguzada, decían que era nieta de una sabia, aunque nunca supimos de quién exactamente. Pero es cierto que tenía esa forma de hablar y moverse, entre mística y solvente, con la que obtenía una confianza ciega de quien la escuchaba, tal vez por eso decidió que sus aptitudes serían mejor recompensadas como comerciante que como médica. Vendía ropa y objetos de cuero que ella misma trabajaba, por eso desprendía siempre el olor rancio de la piel mal curada. Un olor tan fuerte que era imposible no saber por dónde había pasado y que a Darío Acosta, lejos de repelerle, le provocaba una atracción recurrente, de cuando trabajaba de niño en la fragua de su tío y las mujeres, igual que hacían las sabias en el bosque de sabinas, colgaban las pieles de los animales sacrificados en las ramas de los árboles. El herrero admiraba la armonía que había en el movimiento de aquellas mujeres que siempre sabían lo que tenían que hacer. Observaba sus pies moverse de un lugar a otro y sus brazos desnudos extenderse hasta el filo de las ramas, le excitaba que su presencia no fuera importante para ellas mientras él, absorto el sentido en el cuerpo, el cabello, el olor que desprendían, descubría el valioso poder del erotismo. Por eso el olor de Adela Maldonado le debilitaba, y siempre que ella andaba por Aljuariz iba enseguida a buscarla, y le pedía que se fuera con él a pasar el rato a la Casa Acosta, así se ahorraba un dinero por poner su puesto en el mercado.

Al principio a Adela le repelía el físico del herrero, pero como era lista no terminaba de demostrarlo, pues sabía que algo sacaría por mantener su deseo en vilo, y es cierto que algunas veces, cuando Darío mandaba a sus hombres a cobrar el porcentaje por poner el puesto en el mercado, les decía que a la Maldonado no le cobraran esa semana, sin pedirle nada a cambio. El tiempo quiso que, entre favores sin cobrar y algún regalo de vez en cuando, la voluntad de la curtidora se fuera quebrando como la piel vieja, pues el poder de Darío iba creciendo y exhibía su prosperidad con la construcción de la Casa Acosta, levantada de aquellas ruinas que en poco tiempo nadie recordaría. Nadie salvo nosotras, que contamos una y otra vez todo lo que hemos visto y aprendido para que perdure en la conciencia de las vivas.

También vimos como, semana tras semana, después del día de mercado, Adela Maldonado se desviaba del camino que salía de Aljuariz hacia la costa, dirigiéndose hacia la casa de Darío, donde solo El Espejo de Diana era testigo de sus encuentros, y así se repitió durante un tiempo hasta que, después de uno de aquellos largos viajes que lo mantenían alejado varios meses, Darío Acosta regresó al pueblo con Felisa la partera. Era su mujer, nos dijo entonces a todos, y Adela Maldonado no volvió a poner un pie en aquella casa hasta el día que dejara el canastillo con Isabel Maldonado en la puerta de la cocina de Afrodisia.

En otros lugares las mujeres vivían de forma diferente, lo sabíamos por lo que nos contaban algunas vendedoras, pero la primera vez que vimos a la que traía Darío Acosta para convertirla, decía, en la madre de sus hijos descubrimos que la diferencia entre ella y nosotras estaba en el conocimiento, algo que no tuvo nunca reparo en compartir, especialmente con Isabel Maldonado. Antes de que Felisa llegara las mujeres de Aljuariz parían en el lago.

Pero todo aquello no tenía ninguna importancia para el herrero, la fertilidad que se le presuponía era más que suficiente para él, que, además, estaba prendado de aquella belleza fría, de tez pálida y afilados ojos violetas. Felisa era tan extraña, tan incomprensible a nuestra mirada, que hasta las sabias acabaron teniéndole respeto, pues pensaban que había algo en aquella mujer capaz de anular el sentido y la voluntad de los hombres, y por eso algunas veces la invitaban a unirse a los ritos de luna llena, algo que casi nunca hacían con las Madres de la Tierra. No nos hubiésemos prestado a desnudarnos como ella delante de todas y a ser conducidas, con la cara tapada por una máscara de cuero, hacia la cópula con un joven de no más de catorce o quince años al que traían de otros lugares, lejos de Aljuariz, para incentivar la fertilidad de la tierra y de las mujeres.

La fertilidad de Felisa no se demostró hasta después de la muerte de Darío, cuando una de las sabias, instigada por

Isabel Maldonado, lograra preñarla con ciencias parecidas. Sin embargo, el apetito sexual de la de los ojos violetas era conocido por muchos e intuido, si no temido, por Darío Acosta, que ante la ausencia de hijos y la presencia de rumores que fingía no oír, empezó también a volverse loco y a darle unas palizas a Felisa que ninguna magia logró evitar.

Nadie en Aljuariz pudo imaginar que fue la pequeña Isabel Maldonado la que, con sus conocimientos, consiguió enajenar lo suficiente al herrero aquella noche para que se suicidara y nos dejara por fin a todas en paz. Después de aquello ninguno de sus parientes fue capaz de ocupar su lugar, por lo que hubo algunos años de tranquila abundancia, más con la llegada de la niña Isabel Acosta.

Pero Darío había inoculado en el pueblo de Aljuariz un miedo muy eficaz para que las Madres de la Tierra creyéramos necesitar la protección de los hombres, pues era mejor negociar con unos pocos parte de lo que ya teníamos a que nos lo quitaran por la fuerza y nos quedáramos sin nada. Así fue como Isabel Maldonado pensó que sería bueno que siguiera existiendo esa figura en la Casa Acosta para tenernos a todas tranquilas, aunque debiera ser alguien débil que ella pudiera manejar, alguien como el pasmado de Pedro Rengel, que hubiera sido perfecto para mantener el orden si no fuera porque el pusilánime al que Isabel Maldonado convirtió en marido de Felisa trajo con él a su hijo Pedro, que jamás se conformó con lo que le ofrecíamos.

Al principio pensamos que el más peligroso de los dos hermanos era Mateo, el pequeño, pues fue el que convirtió su religión en protagonista de nuestras vidas, haciendo público y obligatorio todo aquello que las sabias habían llamado privado. Cohibido por la personalidad de su hermano, que siempre lo anuló en fuerza y manera, hizo de su ensimismamiento virtud al decidir que, si la caza y el mando no se le daban bien, tal vez lo espiritual le sirviera para trazar un hueco importante en el mundo del que se estaban apropiando. Por eso al final, y aunque nadie lo dijera, la empresa evangelizadora de Aljuariz con la que los Rengel cambiaron el orden que Darío había trastocado fue idea de Mateo.

No dudaron en convertir el templo de Diana en su propio templo, construyendo paredes y colgando cruces donde antes había aire y bosque. Limpiaron la estructura de mármol, pulieron la columnata frontal, reformaron el altar e hicieron tallar más de cincuenta bancos de madera. Cuando terminaron no había nadie en Aljuariz que quisiera seguir escuchando a las sabias, y en las aldeas y pueblos cercanos empezó a ser famoso El Espejo de Diana por las celebraciones que se hacían cada domingo en su gran iglesia, a las que todos estaban invitados y donde los ritos eran a la luz del día, sin misterio ni ocultación. La Biblia era el único libro, y mientras lo sostenían en la mano iban insertando con cuidado una serie de costumbres que siempre llevaban al mismo lugar: apuntalar su religión como única forma de vida. Aquella que, decían las sabias, había destruido el mundo varias veces y era impuesta sin ninguna consulta ni diálogo, tal y como ocurre siempre que alguien quiere ser eficaz en la tarea de poner el cielo en la tierra y la luna en el sol.

El único reducto que quedaba de nuestro clan, antes del golpe que los Rengel le asestaran, era el culto a los árboles que las sabias seguían practicando en el bosque de sabinas, y fue una de las primeras tareas que Mateo se propuso resolver. Pidió voluntarios aquel domingo en el templo para que le ayudaran a talar aquellos en los que colgaban las pieles de los animales sacrificados y las campanas de los muertos.

Fuimos nosotras las primeras en horrorizarnos ante aquel bárbaro anuncio, y al amanecer del día siguiente corrimos a amarrarnos con cuerdas a los árboles que se proponían destruir. Cuando los hombres liderados por Mateo llegaron horas más tarde rogamos para que se detuvieran, llorando porque desde niñas nos habían contado que los espíritus arbóreos hacían prosperar las cosechas y bendecían a las mujeres con hijos y partos sin dolor, y cuando ya pensábamos que nuestras súplicas no ablandarían las fuertes convicciones de Mateo, un grito retumbó en el bosque a más de cien metros de distancia. Era la voz de Isabel Maldonado exhortando al prelado para que dejara los árboles y a las Madres de la Tierra tranquilas, en un discurso lleno de vehemencia que le recordó a Mateo a cuando era niño y la misma Isabel les decía dónde podían y no podían jugar, o a qué hora había que estar en la Casa Acosta para comer. En ese momento la autoridad todavía residía en ella y no fue capaz de seguir adelante, fingiendo clemencia con nosotras, cuando en realidad lo que tenía era un respeto casi filial por la Maldonado, pues, al fin y al cabo, era la única madre que tanto él como su hermano habían conocido, aunque fuesen prácticamente de la misma edad.

Tuvieron que pasar cinco años para que Mateo acometiera su propósito de ese día. Entonces su hermano Pedro ya había destruido cualquier atisbo de amor que les quedara por ninguna de las mujeres de la Casa Acosta, y aunque no fue algo que sucediera de la noche a la mañana, estamos seguras de que la decisión se tomó en apenas unas horas. En esa ocasión no había ninguna intención espiritual, solo un único e irracional deseo de venganza.

Fue, por supuesto, la noche que Isabel Acosta quemó a Lucrecia Moreno y a su familia. Corrió la voz por Aljuariz durante algunas horas de que también había matado a su propio hijo, el varón de los mellizos que Pedro hijo le había quitado de los brazos apenas nacer y del que el pelirrojo estuvo prendado durante meses, sin tener ojos ni atención para nadie más, salvo para la propia Lucrecia. Cuando los Rengel fueron conscientes de lo que había ocurrido dieron orden de perseguir a todas las sabias que quedaran por la zona, convencidos como estaban de que la locura de Isabel llegó amparada por la brujería de aquellas otras locas. Días y noches completas de fuego y miedo en Aljuariz nos encerraron en nuestras casas, dejando que los hombres ocuparan las calles y la plaza, imponiendo normas para todas nosotras que impidieran cualquier práctica cercana a aquello que había llevado la tragedia a la Casa Acosta: no podríamos volver a trabajar la tierra sin la supervisión de capataces que velarían por que no practicásemos ritos extraños antes de cualquier acción diaria, tendríamos que ir al templo a rezar con Mateo, deberíamos obediencia a nuestros maridos y educaríamos a nuestros hijos, pero sobre todo a nuestras hijas, de acuerdo con su fe.

Así era como Mateo Rengel llamaba ahora a sus ritos, y así fue como empezamos a comportarnos las Madres de la Tierra por miedo a que hicieran con nosotras lo que habían hecho con Isabel Maldonado, aunque peor fuera lo que hicieron con las pocas incautas que nos atrevimos a plantarles cara. Al fin y al cabo, a ella Pedro la dejó con vida y pudo seguir trabajando en la casa y cuidando del fuego, pero las que fuimos hasta el bosque la noche de la tala no tuvimos tanta suerte.

Fue dos días después de la tragedia en casa de los Moreno cuando Pedro comprendió que su hijo yacía en las profundidades del lago y empezaron a perseguir a cualquier mujer sospechosa de practicar ritos extraños. Entonces Mateo se acordó de aquella vez que quiso talar los árboles cuyas ramas albergaban las campanas de los muertos y las pieles de los animales sacrificados. Todavía había muchos en el bosque de sabinas, pues las pocas sabias que quedaban seguían trabajando su ciencia, más por costumbre que por convicción. Sin embargo, nosotras velábamos a nuestros muertos de aquella manera y el tintineo de las campanas nos reconfortaba en el dolor, por eso cuando nos enteramos de que Mateo se dirigía con algunos a talar los árboles fuimos tan inocentes como la primera vez a intentar impedirlo.

Quedaron nuestros cuerpos colgados de las ramas más fuertes que encontraron, y nuestros pies desnudos, agitados en el aire, sustituyeron a las campanas, destruidas después de que finalmente los árboles sagrados cayeran. Todavía nos preguntamos qué fue lo que hicimos, de qué manera pusimos nada en peligro, pues ellos eran ahora los dueños del miedo. Nosotras, que los habíamos alimentado con nuestro trabajo y habíamos parido hijos e hijas que hicieron fuerte esta tierra, solo pedíamos respeto por nuestros muertos. Nadie nos veló entonces, ni una sola campana sonó en las noches sucesivas en Aljuariz, y nuestros cuerpos traicionados colgaron sin vida hasta que empezamos a descomponernos.

A veces pensamos que aquel fue el último sacrificio que se les dio a los espíritus arbóreos, antes de que el orden cambiara, y como compensación seguimos en la memoria de nuestras hijas, narrando las historias que pasaron. Nadie nos ha olvidado, así es como las prevenimos de todo lo que puede volver a ocurrir, así es como les contamos que una vez fuimos libres y que tuvimos que pagar por ello.

Mejor que el pan

Alejandra Rengel tenía una quemadura que le cubría casi la mitad de la cabeza, por eso allí nunca le crecía el pelo. Con siete u ocho meses todavía no llamaba demasiado la atención, era de piel clara y cabello medio rubio, heredado de su abuela Felisa, y con reflejos pelirrojos, sello indiscutible de los Rengel. Por eso el primer año de vida apenas se le notaba la calva que la quemadura le había causado, pero a medida que el bebé se fue convirtiendo en niña los cabellos rubios y cobrizos también fueron cubriendo la parte que quedó intacta, mientras que en la otra mitad solo aparecían unas tímidas pelusas esparcidas con desorden, como mala hierba de tierra en barbecho. Felisa le cortaba el pelo muy a menudo para que el recuerdo de aquel incendio no la acompañara como un estigma, y con esta motivación inútil comenzó a tejer también unos gorritos de hilo que la niña Alejandra se acostumbró a llevar, tanto en invierno como en verano.

La noche que Isabel Acosta quemó la casa de Lucrecia llevaba a la niña enrollada en uno de aquellos pañuelos que usaban las Madres de la Tierra para transportar a sus hijos. Pensaba Isabel Maldonado que la locura que había anulado el sentido en la mente de Isabel Acosta la llevó a acometer la venganza contra Pedro Rengel queriendo ahogar a sus dos hijos, pero al final no fue capaz de sumergir a Alejandra en las aguas de El Espejo de Diana, la llevó de vuelta a la Casa

Acosta y la dejó en la cuna de mimbre que Afrodisia tenía para ella en la cocina. Allí la encontró su abuela Felisa, llorando y peleando con piernas y manos, como si quisiera salir corriendo para impedir el inimaginable crimen de su madre, y con el cuero cabelludo marcado por la lágrima de fuego que la alcanzó en la huida de la casa quemada, y que le recordaría esa noche el resto de su vida.

La niña Alejandra, sin embargo, creció ajena a la preocupación que parecían tener las mujeres de la Casa Acosta por su cabellera. Jugaba y miraba con sus redondos ojos de liebre todo lo que se movía a su alrededor, con una expresión de curiosidad que pronto alumbró un carácter movido principalmente por el deseo de conocimiento.

La maldición del amor en forma de cuidado que siempre nos acecha, tanto a las Madres de la Tierra como al resto de las mujeres de este mundo, apareció por primera vez en el ánimo de Felisa con la presencia de su nieta Alejandra. Y toda la atención que les había negado a las dos Isabeles se manifestó cuando la de los ojos violetas supo que aquella superviviente era lo único propio que le quedaba, lo único que tenía, aunque nunca pensó que Alejandra fuera algo de su propiedad, como sí lo harían más adelante Pedro hijo y Mateo.

El cuidado de Felisa atendía más a un deseo de malcrianza que escandalizaba a Afrodisia, pero que Isabel Maldonado, supervisora de la vida de Alejandra desde el mismo día de su nacimiento, no veía con malos ojos, pues los movimientos acechantes sobre el mundo que tenía aquella niña inquieta que todo lo quería ver y tocar, a todos lados quería llegar y cualquier cosa quería probar con su boca, o tirar con sus manos, necesitaban de un cuidado y una paciencia que Felisa le facilitaba en cada momento. Si no la tenía en brazos durante horas para que la niña le indicase con la manita hacia dónde quería ir, se sentaba con ella para cuidarla en sus primeros gateos y ayudarla sin queja cuando daba los primeros pasos, siempre asombrada por todo lo que la rodeaba, siempre señalando aquí y allá desde que se levantaba hasta que se acostaba, con semblante curioso porque los pájaros sabían volar y las plantas crecían solas. Por eso su primera palabra no fue *papá* o *mamá*, o *agua* o *pan*, sino aquella estrella ardiente que la cegaba cada día pero que no quería dejar de observar.

—Ol —dijo ella.

Y Felisa reforzó emocionada:

—Sí, el sol, eso es el sol.

—Ol, ol, ol, ol —repitió Alejandra, y señaló con el dedo pequeño hacia arriba y los ojos cerrados por el brillo cegador.

A Felisa, que siempre le había interesado más ella misma que cualquier otra cosa en el mundo, le maravillaba el poder hipnótico que aquel ser a medio hacer ejercía sobre ella, y la dejaba investigar y le hablaba despacio y suave, como si no quisiera interrumpir los movimientos gigantes que su mente diminuta hacía con cada nuevo color, con cada nuevo tacto en su boca y en sus manos.

Por las mañanas el ajetreo de la casa dirigía la mirada de Alejandra hacia los asuntos mundanos que la rodeaban. Por allí seguíamos pasando nosotras y otras trabajadoras, como las lavanderas o las curtidoras, llevando siempre a cuestas algún problema que Isabel Maldonado sabía resolver. En la cocina de Afrodisia se guisaba para todos los que allí vivían y para los hombres de Pedro hijo que custodiaban el trabajo del campo, así como los cientos de vacas que los Rengel ya atesoraban. De los negocios habían empezado a hablar solo con los hombres, dejándonos de lado con la firme intención de arrebatarnos cualquier atisbo de autoridad que nos quedase.

Después de la matanza en el bosque de sabinas, además de pocas, las que permanecimos allí vivíamos con más miedo que ganas de trabajar, aunque Isabel Maldonado se empeñaba en protegernos y animarnos para que la tierra siguiera siendo fértil, decía.

Mucha tarea y bastante política que se escondían entre las voces de unas y otros por las estancias de la casa, y que tornaban la inquietud de la pequeña Alejandra en silenciosa observación del mundo.

Por las tardes la abuela no se separaba de ella, mirándola y abrazándola cuando se despertaba de la siesta, hasta que la luz de fuera las llamaba y salían al jardín y después a las orillas de El Espejo para ver cómo en alguna rama se posaba un jilguero, cómo una hoja se movía con el viento, cómo el viento les daba en la cara. A veces se tumbaban sobre la hierba y los tréboles, Alejandra con los pies hacia arriba, agarrada a ellos como el tesoro que acababa de descubrir. Sus pies y sus manos, el mejor juego que encontraba siempre. Y la abuela le cantaba divertida mientras ella hacía magia de sonrisa con encías a flor de diente, cómo dolían a veces, pero el cambio de luz de la tarde la volvía a distraer hasta que pedía con el dedo moverse otra vez allí y allí y allí, y le tocaba la nariz y la boca a la abuela solo para comprobar que no se había ido a ninguna parte. Felisa, que solo había tenido amantes, se sorprendía de adorar tanto algo que no requería estrategia ni seducción. No había vicios ni complejos heredados ni celos ni pensamiento, solo canciones y palabras agudas que las hacían reír, solo rutinas y presentes.

—Solas tú y yo —le susurraba— bajo esta luz de esta tarde que es nueva y es la misma.

Como pasaban las tardes pasaron los años sin que la abuela se separara de su nieta, que cada día le pedía hacer algo nuevo con tanto interés por todo lo que Felisa le mostraba que no había cumplido cuatro años y ya empezaba a leer sus primeras palabras.

Guardaban los libros que habían llegado a la Casa Acosta, como regalo de comerciantes o intercambio de buhoneros, en el baúl de cuero marrón donde la loca Isabel se encerró cuando se fue a vivir al desván. A nosotras no nos enseñaban a leer ni mostrábamos nunca ningún interés por objetos que pertenecían a un orden distinto, pues no parecía haber en ellos nada útil para el mundo que conocíamos, con el miedo heredado durante generaciones de que los libros, aquellos que hablaban o mencionaban la religión, eran cosa de hombres ricos. Casi todo el conocimiento que necesitábamos provenía de la memoria oral.

Felisa, sin embargo, aprendió a leer de niña y, recordando los conocimientos que su madre y su abuela le habían transmitido gracias a ese valioso aprendizaje, se empeñó en que Alejandra también supiera hacerlo. Del mismo modo, empezó a llevarla con ella a los partos y a las visitas que hacía a las mujeres de los alrededores, enseñándole la ciencia de hembra a escondidas de los Rengel, y la mente privilegiada de aquella niña inquieta no tardó más que unos pocos años en reunir los conocimientos suficientes para ejercer como ayudante de médica.

Ocurría con los libros que la gramática y el vocabulario resultaban extraños o que no se entendía nada por estar escritos en idiomas distintos, pues estos objetos escasos habían iniciado una trashumancia incansable que los llevaba, como peregrinos sin rumbo, kilómetros y kilómetros más allá de cualquier frontera geográfica o lingüística. Movidos de mano en mano en suerte aleatoria, sin más utilidad para sus portadores que el sentir que contribuían a la supervivencia de un material insólito en un mundo analfabeto.

Felisa había llevado con ella a casa de Darío Acosta una edición de *Metamorfosis* de Ovidio que le ayudaba a dormir por las noches desde que era una niña, y con ese libro aprendió su nieta las historias pasionales de Zeus con todas aquellas mujeres transformadas en cosas o animales. *Laurel*, *cisne*, *vaca*, *narciso*... fueron las primeras palabras que leyó y tocó casi al mismo tiempo, pues Felisa le iba recordando las historias con aquello que encontraban por sus paseos alrededor de El Espejo de Diana.

Para que las leyendas de mujeres metamorfoseadas por el capricho de hombres en celo no cuajaran de manera irresoluble en la mente de la niña, Isabel Maldonado habló con el hijo de Afrodisia, Dimas, y le pidió que buscara durante sus viajes otros libros, libros que no contaran historias de pasiones humanas, sino que hablaran de cómo se hacían las cosas, para que con el tiempo Alejandra entendiera mejor la matemática del mundo que los ambiguos sentimientos, pieza desterrada en el anhelo instructivo de las sabias.

Afrodisia observaba aquellos desvelos de Isabel Maldonado por fortalecer un orden que se les escapaba de las manos cada día que pasaba, pues los hombres se habían desentendido de los cuidados, ya no miraban a los niños crecer ni a los viejos morir, solo miraban el fruto de las cosechas y las propiedades inventadas por los Rengel para hacerles a todos cada día más débiles. Pasiones desterradas, pensaba Afrodisia, que siempre acababan siendo realidad, como lo han sido las de Felisa, como lo fueron las de la loca de Isabel Acosta, decía en voz baja para que solo el lago la escuchara, no estaban tan alejadas del horror si morían y mataban por hombres.

Eran años oscuros, pero las sabias que todavía pasaban por allí y miraban a Alejandra con su media cabeza quemada y casi siempre leyendo o preguntando cosas que nadie sabía responder, podían predecir que lo peor aún estaba por llegar.

—Que deje de leer —le dijo una de ellas a Isabel Maldonado—. Llévala al campo con las Madres de la Tierra y enséñale las cosas que tú sabes.

Pero Isabel no les hacía caso, pensando en la oscuridad que rodeaba a todo aquello que estaba escrito y que nunca nadie, hasta la llegada de Alejandra, se había encargado de desvelar en El Espejo.

Dimas, que siempre había visto algo extraordinario en aquella niña, hizo caso a aquella petición y comenzó a buscar en sus viajes libros de matemáticas, de astrología y de biología, y de gramática de latín y de griego para poder entender otros tantos libros, y de filosofía para saber hacia dónde mirar cuando aparecieran los límites de lo terrenal. El alfarero sabía que aquellos libros alimentaban a la pequeña Alejandra mejor que el pan que Afrodisia horneaba una vez a la semana.

Pero antes ocurrieron los deslumbramientos, inicialmente por las primeras historias que leyó para sí misma y en silencio, con apenas siete años, y que cambiarían para siempre su idea del tiempo y de la soledad, y después por aquel que le sustentaba la felicidad trayéndole los mejores libros que encontraba en el camino, sin saber la niña diferenciar qué le hacía más ilusión, si la llegada de los esperados objetos o la presencia de Dimas por unos días o semanas en su vida, algo que parecía ventilar todas las habitaciones de la casa.

La relación entre la niña y el hombre se fortaleció en el horno donde hacían el pan y que le dejaban al alfarero para que cociera el material que vendía. El interés de Alejandra por la química empezó allí donde Darío Acosta forjara todos los utensilios que levantaron su casa, y esas historias que le iban llegando con cuentagotas despertaban una inusual curiosidad por la fabricación de los objetos que la rodeaban. Dimas supo que sería así la primera vez que se le cayó uno de los jarrones que había sacado y puesto a enfriar en las tablas con las que formaba largos bancos. El jarrón no apoyó bien y cuando estuvo frío cayó al suelo. Alejandra, que entonces tendría unos seis años, preguntó por qué se caían las cosas, una pregunta que nadie supo contestar y que todo el mundo eludió pese a su insistencia. ¿Qué más daba el porqué si iban a seguir cayendo? Sin embargo, ella estaba convencida de lo contrario: si conseguía comprender el funcionamiento del mundo, tal vez pudiera variar su rumbo, o al menos intervenir en él, sin que ningún ánimo de demiurgo la motivara, más bien un deseo de saber hasta dónde podía llegar su pensamiento con las respuestas adecuadas. Por eso no entendía nuestro lenguaje y, con el paso de los años, se despertó en ella una pertinaz reticencia a creer en el orden de las cosas. No podíamos evitar mirarla con suspicacia, pues parecía haber en esa rebeldía una sutil connivencia con los deseos de los Rengel de acabar con nuestros credos, aunque en realidad lo único que Alejandra ansiaba era conocer el sentido de las cosas, por qué la ciencia de las sabias no tenía explicación, por qué les bastaba con creer.

Dimas le explicaba lo poco que había aprendido en su vida sin leer libros, pues era un atento observador de las causas que provocaban los cambios en su pequeño mundo. La niña jugaba a imitarlo mezclando tierra con agua, dándole forma al légamo con animales cuya imagen real desconocía, pero sobre los que había leído en el último libro de zoología que le trajo el alfarero. Cuando terminaban, los dos se acercaban a la palangana con agua tibia que Afrodisia les había dejado para que se limpiaran y jugaban, entrelazando las manos, a quitarse los restos de suciedad que muchas veces se quedaban en las uñas durante días, recordándoles a ambos la risa y la caricia.

Alejandra leía a solas los libros de matemáticas y astronomía que también le traía el alfarero de sus viajes, esperando a que llegara la noche para explicarles a todos al amor de la lumbre la posición de las estrellas, y que entendieran así su posición en el mundo. Narraba las historias míticas que el cielo ilustraba en cada estación del año y las relacionaba con el movimiento de la Tierra, contando a su vez cómo aquello repercutía en lo que más importaba a todos en Aljuariz: el cambio de estaciones y su influencia sobre las cosechas. Los libros que más le gustaban eran los de química, más difíciles de encontrar en los viajes normales, pero en pocos años Dimas asumió que la educación de Alejandra dependía de él, el único en su entorno, a excepción de los Rengel, con capacidad para salir de Aljuariz y buscar títulos que alimentaran la pequeña mente en ebullición de la niña, que era ahora lo más importante, más que la venta de sus cacharros.

Todo lo que el alfarero intuía que podía interesar a Alejandra era depositado en una bolsa especial que transportaba durante semanas, a veces meses, hasta que no le quedaba barro que vender y podía regresar a El Espejo de Diana. De aquella bolsa sacó Alejandra su primera clasificación de minerales y sustancias, que le permitió categorizar todo lo que tenía a su alrededor con sus propiedades químicas y físicas observables. De allí también salieron los libros de filosofía que alimentaron la lectura de muchas noches en las que Alejandra sintió cómo cada palabra iba tejiendo en su mente una ruinosa duda sobre todo lo que antes había sido luz.

Los más divertidos eran los libros de alquimia, esos se los leía a Dimas en voz alta y gracias a ellos pudieron experimentar con cosas más serias, especialmente cuando Alejandra empezó a leer textos sobre María la Judía, que inventó, según decían los escritos de Zósimo, el alambique para la destilación y el *kerotakis* para extraer esencias y aceites. Calcó cientos de dibujos y diseñó las piezas del horno según las fuentes que encontraba para que Dimas la ayudara a moldearlas. Así resucitaron el yunque y el martillo de Darío Acosta en las manos de la niña Alejandra, despertando recuerdos en el pueblo que no gustaban a Pedro Rengel. Tanto tiempo pasaba la niña cerca del fuego, moldeando cobre y sublimando sustancias para exprimir su esencia y convertirlas en otra cosa, que Isabel Maldonado y Felisa se miraban asombradas, pues si bien no tenían idea sobre lo que la hija de Isabel Acosta se proponía, sí que estaban seguras de que ninguna herencia proveniente del herrero influía en aquella afición vulcaniana, pues cualquier niña de Aljuariz tenía más probabilidades de ser nieta de Darío Acosta que Alejandra Rengel.

Los juegos para moldear el cobre fueron encendiendo algo más serio en el ánimo de Alejandra, pues su voluntad estaba conducida por un deseo de descubrir la superioridad del mundo natural. Para ocuparse de los materiales esenciales y modificarlos con éxito, debía profundizar en su verdadera constitución y comprender sus propiedades. Descubrió la relevancia de preservar el peso de los elementos empleados en sus pruebas y convirtió esta medida en pieza fundamental de sus ensayos. Catalogó las propiedades de todas las sustancias que pudo, dando fe no solo de la riqueza y diversidad de la naturaleza, sino de usos de ella que ni las sabias ni Isabel Maldonado habían soñado. Comprendieron estas mujeres, más pronto que tarde, que la niña Alejandra estaba siguiendo sus pasos, aprehendiendo el mundo natural para descubrir, observar y utilizar sus procesos, para formular y refinar explicaciones de sus funciones y desentrañar sus arcanos secretos, pero con un punto de vista absolutamente nuevo, el del valioso espacio para la incertidumbre que le dejaba la experimentación y el de la infalibilidad que le ofrecían las pruebas inmediatas de sus ensayos.

Con los escritos de Zósimo descubrió la diferencia entre vapores y sólidos, y que los vapores del arsénico y del mercurio servían para blanquear el cobre. Así fue como iluminó los utensilios de cocina, dándoles un aspecto brillante que los revalorizó y amplió de manera importante las ventas de Dimas, que ahora no solo comerciaba con los cacharros que él fabricaba, sino con los que Alejandra moldeaba y teñía de dorado.

Estos movimientos despertaron suspicacias sobre la educación que la hija de Pedro Rengel estaba recibiendo, especialmente en la mirada de su hermano Mateo, que decía misa dos veces al día en Aljuariz solo por el gusto de pasar lista y poder llamar la atención a los que no iban al templo. No es mentira que se llenara casi siempre, pues, aunque Mateo había aprendido poco de las habilidades oratorias que tenían algunas mujeres en la Casa Acosta, siempre llevaba una Biblia con él. Leía sus historias y a la gente le gustaba ir a escucharlas, pero debían pagar el precio de aguantar las peroratas posteriores que, irremediablemente, iban calando en las mentes más débiles.

En las décadas anteriores había existido más equilibrio que confrontación entre nuestra ciencia y las creencias que imponía la Iglesia, y en muchos lugares como Aljuariz el equilibrio se hizo convivencia porque en el fondo pensábamos que nuestros ritos y los suyos eran la misma cosa: celebraban la vida, nos preparaban para la muerte y deificaban el grano, símbolo sagrado de la supervivencia. Y aunque nosotras lo llamábamos *mies* y los hombres lo llamaban *dios*, todos practicábamos cultos en los que nos lo comíamos.

Pero la religión tomó fuerza, no solo por la mediocre insistencia de Mateo, sino porque sus cultos estaban basados en la segregación de los otros. Nosotras no teníamos jerarquía, ni espacios ni dioses concretos, solo el bosque y los espíritus que nunca nombrábamos y que, además, obraban con rutinas limitadas a partes específicas de la naturaleza. Cada ceremonia se celebraba con un objetivo y se esperaba de ella un resultado concreto, mientras que la religión estaba expuesta a la voluntad de la deidad, en la que se podía influir mediante oración y sacrificio, especialmente el de las mujeres. Por eso construyeron un convento, no muy lejos de El Espejo, donde estas estudiaban para servir a dios en la tierra. En un lugar como aquel habían educado a Lucrecia Moreno, a la que enseñaron desde niña a defender la posición predominante de los hombres en el mundo a través de la religión.

Cuando Alejandra empezó a despuntar por encima de cualquiera de las mujeres de la Casa Acosta, Mateo recordó la buena educación recibida por la pobre Lucrecia y habló con su hermano para tantear con él la posibilidad de llevarla a un convento a que la educasen, pues la inteligencia inquieta de su hija, su curiosidad y su vocación autodidacta, la estaban convirtiendo en un ser despojado de herencias y servidumbres a cualquier pensamiento que no fuera el propio, y esto inquietaba al sacerdote. Alejandra empeñaba sus días en horas de estudio y razón sobre todo lo que ocurría a su alrededor y vertía sus conclusiones en las tertulias que cada noche se formaban en la Casa Acosta alrededor del fuego, a las que acudían muchas familias de Aljuariz para oír las historias de Isabel Maldonado y la ciencia de la niña Alejandra, como empezaron a llamar a sus enseñanzas. Nos exhortaba a dudar de todo, a comprobar por nosotras mismas cualquier principio explicativo. Debíamos observar y probar las cosas en las que creíamos para hallar la verdad o la mentira que residía en nuestros conocimientos.

No era de nuestro agrado que alguien tan joven cuestionara nuestras creencias, y alguna vez se sorprendió la propia Isabel Maldonado mandando callar a la niña, pues ponía en cuestión todos sus saberes, sin darse cuenta de que con ello estaba discutiendo también su lugar y el escaso poder que nos quedaba.

Alejandra Rengel se reiría de los temores que despertó en aquellos años de aprendizaje, cuando al pasar el tiempo y ser consciente del conocimiento que había ido atesorando a lo largo de su vida, recordara aquellos momentos de su infancia en los que la lectura todavía era una muleta de su imaginación. Sin embargo, no se reiría del miedo que aquellos discursos de niña inquieta despertaron en su padre y en Mateo, pues fue la chispa que encendió la terrible idea de desterrarla de El Espejo de Diana.

Veinte espigas de lavanda

Pensábamos antes de los años oscuros que la lucha entre los principios esenciales del mundo era la condición previa a su unión, por eso el sol y la lluvia, el fuego y el aire, la tierra y la nada. Por eso había una extraña naturalidad en que un vagabundo nómada como Pedro Rengel se uniera a la dueña de una tierra fértil y con agua, como era Felisa la partera.

Durante los años posteriores a este matrimonio, y pese al deseo de Pedro hijo de usurpar un poder que nadie podía quitarle, aquella familia sobrevenida parecía contener todos los equilibrios deseables, pues con ellos y ellas las cosechas seguían siendo prósperas y el ganado cada vez más sano y numeroso. Eso era lo único que realmente importaba, y por eso se esquivaban los pensamientos contrarios a aquel orden. Sin embargo, cuando Mateo y Pedro Rengel se llevaron a Alejandra a aquel convento sembraron un irreconciliable rechazo entre Felisa y todo lo que ellos representaban, iniciando así su propio derrumbamiento, pero también el de otras cosas que nadie podía prever.

Durante las horas anteriores a su partida, cuando terminaban de prepararla para el viaje entre llantos y silencios, Felisa no salió de su habitación y fue Isabel Maldonado la que entró a buscarla para que se despidiera de la niña, que necesitaba ver a su abuela fuerte y entera para sobrellevar su partida. Sin embargo, Felisa estaba tan consternada por la separación que apenas pudo hablar con ella después de conocer la noticia, y tuvo que ser Dimas el que la preparara durante las semanas previas, hablándole de todos los libros que podría leer y de todo lo que iba a aprender cerca de personas más instruidas. Además, sabía que allí enseñaban otras cosas, cosas que nadie en Aljuariz, ni siquiera él, podría jamás mostrarle, y fue aderezando los divertidos años de aprendizaje que le quedaban por delante con la promesa de buenas amigas y nuevos hábitos: la comida, el aire, la ropa, la forma de hablar, de moverse y de pensar, todo era diferente en cada lugar que había visitado, y él, que era un viajero experimentado, podía asegurarle lo divertido que era el mundo más allá de Aljuariz y de El Espejo.

Consiguió el alfarero que la niña Alejandra afrontara la partida como una aventura imprescindible, y casi le hacía ilusión llegar a aquel lugar nuevo, pues era cierto que algunos días tenía la sensación de que los gruesos muros de la Casa Acosta la asfixiaban, o asfixiaban una parte de ella que todavía desconocía.

Felisa salió a despedirla apenas unos minutos antes de su partida, la abrazó durante un tiempo sin tiempo y ambas se olieron el cuerpo caliente y el cabello, inspirando y espirando profundamente para retener en ese hálito el recuerdo de su compañía.

Alejandra se marchó triste pero atenta a lo que el porvenir le traería en un lugar extraño, pero Felisa quedó muda de tristeza. Durante todo el día no se movió de la puerta de la casa desde la que partió su nieta, mirando al horizonte impertérrita, con la mirada escrutadora de quien busca algo más allá de lo humanamente visible. Avanzada la madrugada entró en la cocina sin sed y sin hambre y Afrodisia, que la esperaba con Isabel Maldonado junto al fuego como casi todas las noches, cuando descansaban del día en compañía las unas de las otras, la obligó a beber y a comer un poco de pan y una infusión para los nervios, aunque no parecía estar nerviosa, más bien la acompañaba una curiosa calma que le impedía mostrar el dolor y la indignación que la de los ojos violetas sentía. Isabel Maldonado no estaba segura de cómo afrontar aquel estado, una actitud que, por otro lado, no era en absoluto ajena al comportamiento habitual de Felisa.

Ella sí había llorado durante días, pues no lograba visualizar qué iba a ser de la Casa Acosta si le extirpaban la alegría que la niña Alejandra había traído de nuevo, pero expresar su dolor la ayudaba y la fortaleza que acompañaba a su carácter se hizo patente cuando, una vez más, se encargó de que todo siguiera adelante, fingiendo calma y apostando por mantener el orden de las cosas tal y como estaban en ese momento, pese a la terrible venganza que Pedro Rengel acometió contra nosotras, pese al dolor que, con sus propias manos, este había sido capaz de infligirle durante horas a ella misma, pese a haberlas separado de la niña que justificaba su presencia en aquella tierra.

Justo lo contrario fue lo que pensó Felisa durante aquel tiempo en el que no pudo apartar la mirada del lugar por el que había desaparecido Alejandra, pues aquella niña era lo único que de verdad había amado en su vida, y al corazón roto que su ausencia dejaba le siguieron la desazón y la furia.

Cuando terminó el té Felisa lo dejó sobre la mesa baja que tenían junto al fuego y se levantó sin decir nada. Pensaron en la cocina que iría a su cuarto a descansar, pero no se quedó en la primera planta, donde Pedro hijo la relegara hacía años para robar su alcoba, sino que subió las escaleras y entró en la de su marido, Pedro Rengel, un lugar en el que no ponía un pie desde hacía lustros. La habitación de Pedro Rengel, igual que la antigua suya, también tenía llave, pero el pastor nunca la usaba, por lo que el invento había permanecido intacto sobre la cerradura todos los años que el hombre estuvo durmiendo allí, por eso cuando Felisa entró sin sigilo tuvo que hacer fuerza para girar y cerrar por dentro. La puerta emitió un chirrido que se oyó en toda la planta pero que solo lo despertó a él.

Nadie supo jamás la edad del pastor pelirrojo, pero el ninguneo de Felisa durante aquellos años que había pasado a su lado, sumado a las constantes preocupaciones que sus dos hijos le habían dado desde que decidieron que querían ser los que mandaran en Aljuariz, le habían envejecido el cuerpo y el alma, aunque era cierto que, como decía su primogénito, en realidad siempre había sido un viejo, un viejo que temía hasta mirarse en un espejo, por si lo que veía era aún peor que lo que sentía hacia él mismo. Todo lo que había recibido del mundo, a excepción del escaso tiempo en que la madre de sus hijos le amó, era asco y rechazo, suspicacia y temor. Sin embargo, y al igual que Pedro hijo, no tenía mala constitución, por eso la de los ojos violetas se había sentido atraída por él al principio.

Aquella noche Felisa no se desnudó frente a la cama de Pedro Rengel por atracción, sino porque necesitaba sentir algo. No deseaba camuflar el dolor con sus drogas y tampoco quería un amante desconocido, sino alguien de confianza, alguien que la hiciera sentir bien, aunque ese placer durara tan solo unas horas. También pensó la partera que aquel hombre con el que llevaba tantos años casada era, igual que ella, el abuelo de Alejandra, y alguna vez lo había visto paseando con la niña en las orillas del lago, enseñándole juegos y, cuando la curiosidad de Alejandra aparecía, cosas más útiles, como los nudos marineros que aprendió cuando fue pescador, a encurtir el cuero de las vacas o a esquilar ovejas. Ese gusto por conocerlo todo de la niña Alejandra tenía la virtud de hacer sentir útil y sabio a alguien con un carácter tan espeso y anodino como el de Pedro Rengel, y este afecto que el pastor supo devolverle a la niña era más que suficiente para que Felisa sintiera un respeto por él que de otra manera jamás habría aparecido. Lo último que pensó antes de tumbarse a su lado fue que, si alguien podía ayudarla a traer a Alejandra de vuelta, sin duda era su marido.

No saldrían de allí hasta que Pedro Rengel perdiera el poco entendimiento que tenía y fuera capaz de enfrentarse a su hijo, y para lograrlo se encerró con él en aquella habitación donde se amaron casi siete días. Cuando Felisa notaba que el hombre ya no podía más, le dejaba dormir sobre las sábanas sudadas y manchadas de flujo y semen, para despertarle a las pocas horas con una felación o pedirle que la masturbara, porque sabía cómo reconfortaba al ego del hombre comprobar que, además de sentir placer, era capaz de proporcionarlo. No es que el pelirrojo hubiera sentido alguna vez en su vida algo parecido a aquel gozo desapacible, como realmente ocurría, sino que desconocía por completo algunas partes de su cuerpo que Felisa le descubrió como sobrecogedores nichos de una lasciva impudicia, y supo que nunca podría recomponer su día a día, tranquilo y distanciado del mundo, como había sido en los últimos años.

Cuando Felisa sentía que se estaba acostumbrando a ese estado de ebriedad sexual le sorprendía con algún nuevo movimiento; si tenía un orgasmo rápido, introducía los dedos índice y corazón en su ano para multiplicar el placer; si la extenuación le impedía tener una erección, Felisa encontraba la postura, la palabra y la mirada precisa para remediarlo. Exprimió de él tanto deseo que al final solo les quedó la intimidad, y entonces fue cuando comenzaron las confesiones.

Una madrugada en la que dormitaban, Felisa sintió la caricia de sus dedos sobre la barbilla destrozada. Entre el segundo y el tercer día, cuando la barba pelirroja de Pedro Rengel empezaba a punzar como lija de carpintero, los besos que le daba a Felisa eran de hombre enajenado y le raspó la barbilla hasta dejarla en carne viva. Ahora que ya espesaba se daba cuenta de la herida que su deseo había provocado, pues la piel desollada comenzaba a oscurecer, dejando una alargada costra bajo la boca de su amada. Pedro empezó a darle besos cortos y suaves como si quisiera curar con ellos aquella nimia lesión, y sin saber por qué empezó a llorar con un desconsuelo que podría haber abochornado a la de los ojos violetas, si no fuera porque eso era justo lo que llevaba días esperando.

Le pedía perdón por haberla dañado mientras la abrazaba con un gesto de infantil arrepentimiento. No pudo evitar Felisa acordarse de los golpes de Darío Acosta y pensó que jamás el herrero la abrazó ni la besó así tras alguna de sus palizas, aunque las lágrimas sí que le resultaban familiares, por eso nunca se había conmovido con los hombres de lágrima y palabra fáciles y durante un tiempo los prefirió callados, pues pensaba que el silencio encerraba algún tipo de bondad relacionada con el pudor. Con los años se dio cuenta de que en realidad no había tanta diferencia entre la verborrea y el mutismo si la persona que tenía delante era incapaz de verla a ella, y en ese sentido todos sus amantes habían estado completamente ciegos.

—Eres muy exigente —le decía Isabel Maldonado, sin que Felisa entendiera muy bien si esto era una crítica hacia su propio carácter o hacia su convicción, siempre efímera, de que el amor era algo que podía existir en aquel lugar y en aquel tiempo.

Entonces la palabra adecuada sería *inocente*, pensaba ahora Felisa frente al espejo del armario que había en el dormitorio de su marido, mientras se acariciaba la herida de la barbilla y le miraba dormir sin que ninguno de sus desvelos fuera dirigido hacia el cuerpo que miraba. Dos o tres veces lloró mientras hacían el amor y Pedro había pensado que algo tenía él que ver con aquel llanto, y una desconocida satisfacción nació en el pelirrojo. Sin embargo, durante todos esos días cada una de las lágrimas que Felisa derramó sobre aquellos cuerpos desnudos iba dirigida a la ausencia de Alejandra y a la pena irreductible que la separación de ella le había causado, pues aquel tipo de amor que Isabel le reclamara como *exigente* y que ella pensara como algo insólito, se había convertido con su niña en una realidad irrebatible.

Al sostener en brazos a su nieta, al ayudarla a crecer disfrutando de su templada compañía, Felisa había redimensionado la idea de soledad con la que hasta entonces se sentía a gusto, para comprobar que sin la persona amada realmente el mundo era insoportable, más aún si, como bien temía, la niña había ido a parar a un lugar en el que sería infeliz. La infelicidad de Alejandra era peor que su ausencia, y el dolor o la transformación que podría provocar en ella, un temor que apenas la dejaba respirar, no digamos comer o acometer cualquier tarea sencilla. Por eso buscaba una y otra vez el cuerpo de Pedro, para calmar esa quebrada ansiedad que le crecía en la boca del estómago cada vez que recordaba el horizonte desdibujado por el que se marchó lo único que alguna vez había amado.

Al quinto día de encierro el hambre traspasó la voluntad de los amantes y salieron de la habitación como si hubieran renacido o regresaran de un mundo en el que reinaban la nebulosa y la vigilia. Pedro fue directo a la cocina y comió todo lo que encontró y todo lo que Afrodisia le ofreció, pero Felisa ni siquiera hizo el amago de probar nada, lo miró en silencio mientras comía y cuando calculó que algo de sentido comenzaba a reaparecer en la mente perdida de su marido, tomó entre sus manos una de las sillas de la cocina y se fue con ella hasta la puerta de la casa. La colocó mirando hacia el lugar por el que había desaparecido Alejandra y se sentó en ella.

Aquello ocurrió una mañana de domingo y todos, a excepción de la cocinera, que siempre se libraba con la excusa de la tarea, habían ido a escuchar el sermón de Mateo. Tenían los Rengel algunos ayudantes que se encargaban de motivar la presencia en el templo, llevaban una minuciosa lista de quién faltaba qué día e iban a visitarles para que no volviera a ocurrir. Esa mañana los esbirros tuvieron que alertar sobre la falta de su propio padre y de Felisa, algo que no era inusual, por lo que apenas llamó la atención. Regresaba Mateo con la cabeza agachada, mirando las pequeñas piedras que parecían brotar del camino que llevaba hasta la Casa Acosta, mientras pensaba que ya era hora de que Felisa y su padre mostraran respeto por sus costumbres y dieran ejemplo al resto del pueblo. Tendría que hablarlo con su hermano. A medida que iba acercándose a la casa, el cura vislumbró la figura de Felisa sentada en aquella silla con semblante meditabundo y decidió ignorarla, como hacían siempre que la de los ojos violetas vagaba por aquellas habitaciones bajo los efectos del láudano, sin dirigirse a nadie ni opinar de nada. Y así pasó el día, sin que un alma se atreviera a interrumpir su letargo, a excepción de su marido, Pedro Rengel, que al atardecer sintió la ansiedad de su ausencia, como les ocurre a todos los enamorados, y le pidió que se levantara y fuera con él a la cama, pues ya empezaba a hacer frío. Felisa le dijo en voz baja que sí, que ahora iba, y el pelirrojo se alejó extrañado. Habían cambiado las sábanas, limpiado y ventilado, y, durante las primeras horas de la noche, cuando el recuerdo del cuerpo desnudo de su mujer ocupaba sus pensamientos, llegó a dudar de si todo lo vivido aquellos días pasados no habría sido tan solo un sueño.

Algo parecido pensó Mateo Rengel cuando al salir por la puerta de la casa, a la mañana siguiente, vio a Felisa en aquella silla, sentada en la misma posición que el día anterior. No acertó a elucubrar si había pasado allí toda la noche, por lo inexplicable de la actitud y porque no solía Mateo pensar en Felisa más de lo que pensaba en el viento que se movía o en el sol que cada mañana brillaba en el cielo. Felisa siempre estaba allí sin que su presencia hubiera ocasionado ningún disturbio, todo lo contrario, más bien tendrían que agradecerle haberles dejado hacer y deshacer en aquellas tierras. Este fue uno de los pensamientos recurrentes de Felisa durante los días que estuvo sentada en esa silla, percatándose por primera vez de su quehacer pusilánime ante los constantes desmanes de los Rengel, aunque sin que ningún sentimiento de culpa o arrepentimiento la acechase, pues nunca había sucumbido su carácter a estas debilidades, más bien fue como si alguien encendiera una luz que todos esos años había permanecido apagada.

—Tenemos que conseguir que nos traigan a Alejandra de vuelta —le dijo por fin a Pedro Rengel aquella misma noche, cuando su marido insistió en que se fuera con él a la cama.

Había pasado de nuevo allí todo el día, sin comer nada, salvo una de las infusiones que le acercó Isabel Maldonado. Afrodisia ya no era capaz de calcular cuántos días llevaba la mujer sin probar bocado, pero comenzaba a notarse la delgadez en la cara, el vestido que llevaba le quedaba holgado y las manos aparecían debajo de las mangas como consumidas extensiones de una muñeca insomne.

Pedro quedó mudo ante la petición de su mujer, no solo porque apenas había mantenido relación con su nieta, sino porque nunca había tenido que pedirle nada a Pedro hijo y le producía una desagradable congoja tener que hacerlo ahora, cuando ya se sentía lo suficientemente viejo como para pasar de puntillas por el mundo sin que nadie se lo recriminara. Sin embargo, no fue eso lo primero que pensó, sino en ese «tenemos» que Felisa soltó calculadamente para incluirle en su deseo, con un tono familiar que nunca le había oído, simplemente porque nunca habían sido una familia. Comprendió la desesperación de su mujer y pronto esta se convirtió en desazón para él, pues las noches pasadas habían convertido su aletargada indiferencia por Felisa en deseo y necesidad. Y lejos de sentirse mal, como les ocurría a los amantes faltos de atención o que dudan de que su amor sea correspondido, Pedro sentía una repentina alegría por saberse necesitado, aunque fuera para una tarea imposible.

Antes de mencionarles a sus hijos nada sobre la vuelta de Alejandra, quiso hablar con Isabel, porque más allá del miedo que le tenía a su primogénito o a la falta de carácter que todos le atribuían, había un problema real y era que Pedro Rengel nunca había tenido una conversación con su hijo que durase más de veinte palabras, y estas estaban siempre relacionadas con el ganado, con el campo o con el trabajo de los hombres. Los Rengel no sabían comunicarse entre sí, pero entendían perfectamente los movimientos que hasta entonces habían sido necesarios para mandar en esas tierras. El único que había cultivado un pensamiento más elaborado había sido Mateo, al cual Pedro entendía todavía menos que a su hijo mayor, y hasta le temía por haberle parecido siempre el portador de la mala suerte.

La manera bruta en la que Pedro se comunicaba con todos surtía un efecto extraño cuando lo hacía con Isabel Maldonado, que, pese a sus titubeos y silencios, a la parquedad del vocabulario, las coletillas y los sobreentendidos constantes, era capaz de vislumbrar lo que el hombre se traía entre manos convirtiendo lo oscuro en claro. Sin embargo, ella no podía ayudarle a hablar con Pedro. Ninguno de los dos había vuelto a cruzar una palabra desde que la encerrara en el granero tres días para sacarle información sobre el paradero de Isabel Acosta, torturándola y causándole heridas imperecederas, como la cicatriz que le cruzaba ahora el pómulo derecho o el terror que desde aquellos días les tenía a las brasas, una herida que podía originar, según ella misma, el desastre en aquella casa, donde la encargada de que el fuego permaneciera encendido le tenía ahora miedo. Pero vio Isabel en la confianza depositada por Pedro una oportunidad para debilitar a los Rengel y le dijo que la marcha de Alejandra traería como castigo daños en las cosechas, y ese daño se atribuiría al malditismo de los pelirrojos. Ese lenguaje sí que lo entendía Pedro y era capaz de transmitírselo a su hijo, pues era el único miedo que les había inculcado a ambos desde que eran niños, y aunque su primogénito se fingiera fuerte ante el tabú que originaba el color de su pelo, no podía evitar compartir con su padre y con su hermano el mismo desasosiego.

El error fue llamarlos a los dos para contarles, como pudo, su desazón por la marcha de Alejandra, especialmente por que esta se relacionara con las malas cosechas, la muerte de algún animal, el extravío de alguna mercancía. Tal vez si Pedro hijo hubiera estado solo podría haber planteado la posibilidad de traer a Alejandra de vuelta, pero Mateo se opuso con una vehemencia absurda y, para no desatender la confianza de su hermano, que le hacía mucha más falta como compañero en esos momentos, Pedro desoyó la única petición que su padre le hiciera en vida.

El patriarca sin patria se dirigió arrastrando los pies y la vergüenza hacia la silla donde su mujer permanecía como una estatua. Apenas comenzó a contarle que la decisión de Pedro y de Mateo era no traer de vuelta a Alejandra cuando comprendió que el ostracismo mental de Felisa iba a convertirse en una situación permanente. No contestó ni se mostró airada, apenas le miró, tan solo levantó una delgada y temblorosa mano izquierda para darle unos golpecitos en el brazo en un gesto de comprensión que, en realidad, solo transmitía desconsuelo.

Permaneció inmóvil en la puerta de la casa incluso cuando la debilidad de un principio de pulmonía comenzó a consumir las pocas fuerzas que le quedaban. Tantas noches al relente sin alimentarse ni dormir inevitablemente traerían la desgracia, decía Afrodisia una y otra vez, pero nadie se atrevía a desoír a Isabel Maldonado.

—No la toquéis —ordenaba sin titubeos cuando Pedro Rengel, desquiciado por la pena de ver a su mujer dejarse morir de esa manera, quiso cogerla por la fuerza para meterla en la casa—. Felisa ya no está con nosotros, es su decisión y hay que respetarla, pero debemos alejar la pena de El Espejo de Diana.

Entonces fue cuando arrancó veinte espigas de lavanda y las pasó por el cuerpo de Felisa, que sintió las pequeñas hojas de la flor morada acariciarle las manos y el cuello, deslizarse por su falda, rodear sus tobillos y bañar su pelo con aquel olor reconfortante. Cuando Isabel estuvo segura de que había impregnado la lavanda con el dolor de Felisa, cogió cinco de las veinte espigas y las metió en una pequeña bolsa de tela que ató con un nudo lacio a la cola de Alazán, el caballo de Pedro hijo. Pedro salía al día siguiente hacia la costa con él, e Isabel confió en que el movimiento de la cola desprendiera la bolsa del cuerpo del caballo, desperdigándose con el viento en un baile calmo que la llevaría hasta el mar.

Deshizo el resto de la lavanda y la colocó por las esquinas de la casa, poniendo especial interés en las habitaciones en las que había estado Felisa, y después lo barrió todo y lo fue guardando en otras bolsas que iría colocando en la cola de Alazán en los viajes sucesivos, hasta que la pena hubiera desaparecido por completo.

Nosotras nos encargamos de que en muchas casas de Aljuariz imitaran los actos de Isabel, aunque Felisa nunca hubiera pasado por allí. Barrimos y expulsamos el polvo hacia el sur, sacudiendo ropas y escupiendo hacia la puerta de entrada de nuestras casas cada vez que nos acordábamos del cuerpo impertérrito de la dueña, mientras que la de los ojos violetas, sin comer, sin dormir, sin abrigarse en las madrugadas ni resguardarse del sol en las horas sofocantes, seguía respirando para asombro de todos en El Espejo de Diana.

Durante los años que Felisa vivió en El Espejo nos había asistido en los partos, salvado nuestras vidas y llorado por nuestras muertes. Algunas le debíamos no solo a nuestros hijos e hijas, sino la recuperación de heridas en apariencia insalvables y el remedio para unos dolores que podían volvernos locas. Felisa había calmado hemorragias menstruales que parecían incurables, nos liberó de embarazos que no deseábamos, nos ayudó a tener más leche para alimentar a nuestros bebés. Muchas no podríamos haber vuelto a parir o a acostarnos con nuestros hombres sin sus cuidados, también supo curarnos cuando nos infectábamos de tristeza y éramos incapaces de volver a trabajar al campo. Había devuelto la virginidad a las que necesitábamos casarnos y ayudado a las que ya no menstruábamos a seguir sintiendo el mismo placer. Por eso en aquellos días todas las que la conocimos nos acercamos a la Casa Acosta para ver en qué podíamos ayudar.

Mateo terminó por hacerle caso a su madrastra, asombrado como estaba de aquella extraña supervivencia y de las procesiones interminables que se habían formado para estar con ella. No quería que la estancia entre la vida y la muerte en la que Felisa habitaba ahora invocara en el recuerdo de los aldeanos el poder de nuestras creencias, por lo que decidió intervenir. El domingo siguiente, ante todos sus feligreses, anunció que Aljuariz estaba siendo testigo de un acto divino, pues, según el fraile, Felisa estaba en trance por haber establecido comunicación directa con dios.

Así fue como en poco tiempo Felisa se convirtió en una especie de santa y su silla en un lugar de peregrinación al que se llevaban flores y hacían peticiones en silencio, mirándola atentamente mientras mujeres y hombres le suplicaban sin decirlo que curase, que guardase, que alejase aquello que no les dejaba dormir.

El primero y el último en visitarla cada mañana era su marido. Pedro Rengel, al verse libre de vergüenza ante el comportamiento común de adorarla, se abrazaba a sus pies venerando un cuerpo que, ya lo sabía, nunca había sido suyo.

Cuando Felisa cerró los ojos para morir cayó desde la silla sobre un manto de flores que durante semanas fueron llevándole de otros pueblos y aldeas. Tuvieron que organizarle un funeral digno de la figura que habían inventado, por lo que su cuerpo estuvo expuesto casi dos días para que todo el que quisiera pudiera verlo, mientras Aljuariz se cubría del intenso olor a lavanda que desprendía muerta.

En la misa de despedida el padre de los Rengel no pudo soportarlo y empezó a recriminarle a Mateo y a Pedro hijo que ellos la habían matado:

—¡Malditos! —les gritaba—. ¡Malditos mis hijos engendrados para traer el mal a este mundo!

Casi por la fuerza tuvieron que llevárselo los hombres de Pedro hijo, y esa misma tarde Isabel Maldonado le pidió que se marchara si no quería que acabaran matándole por seguir proclamando a voz en grito lo que todos sabían y temían. El vagabundo, una vez más, hizo caso a los consejos de la Maldonado, pero no porque temiera a sus hijos, sino porque su vida en esa casa ya no tenía sentido.

Un amanecer caluroso de principios de julio Pedro Rengel se marchó de El Espejo de la misma forma que llegó, sin hacer ruido. Su presencia había sido tan irrelevante en los últimos años y sus hijos estaban tan ocupados con los negocios, que tuvieron que pasar varios días hasta que se percataron de que el hombre que los cuidara en los primeros años de su vida había desaparecido al alba de un miércoles cualquiera, casi a la hora a la que Isabel Maldonado se levantaba para mover las ascuas del fuego de la cocina, cuyas brasas permanecían ocultas de madrugada, aunque atentas a la sacudida matutina con la que ella se acercaba a despertarlas. Isabel no escuchó a nadie bajar las escaleras ni la puerta abrirse y cerrarse; solo uno de los muchos perros que malvivían por la casa, intrigado por el movimiento pero discreto en el ladrido, le siguió de puntillas casi un kilómetro antes de intuir el hambre que le esperaba si continuaba aquel camino incierto. Isabel se asomó a la ventana de la cocina por la que saludaba al lago cada mañana y divisó la figura del pelirrojo alejándose como una sombra sobre el cielo que en pocos segundos tornó de añil a púrpura y de rosa a anaranjado. Cuando se hizo pública la ausencia de Pedro Rengel, los aldeanos recelaron con la versión de una marcha furtiva y empezó a gestarse la terrible idea de que los pelirrojos se habían deshecho de su padre loco, sin que Isabel Maldonado encontrara pertinente en ese momento ni afirmarlo ni desmentirlo.

DIANA

Un año terribilísimo sobre la tierra que a muchos alimenta
para los hombres provocó, terribilísimo y muy perro: la tierra
simiente no daba, pues la tenía oculta Deméter de bella corona.
Muchos curvos arados arrastraban en vano los bueyes por los
[campos;
mucha blanca cebada cayó por completo a tierra.
Y por completo habría muerto la raza de los hombres dotados
[de palabra
a manos del hambre terrible [...].

Himno homérico a Deméter

La Novia de Mayo

Hubo un tiempo en que mi madre vivió entre las sombras, pero yo no lo recuerdo porque apenas era una recién nacida. La memoria de aquellas semanas que pasó en la oscuridad ha sido siempre imprecisa para mí, opuesta a la luz, aunque no necesariamente a la verdad. Desde niña me contaba las historias de su vida con cautela, teniendo mucho cuidado en omitir cosas que pudieran distraerme de lo que quería que yo supiera en ese momento, pero con el paso del tiempo se ha vuelto distraída en sus narraciones, como si ahora le diese pereza la ocultación o no necesitara filtros para depositar en mí las historias de El Espejo de Diana.

Hoy lo ha mencionado después de un parto, cuando el niño por fin salió, no sé después de cuántas horas, se lo puso a su madre en el pecho desnudo para que se agarrara lo antes posible y la parturienta receló al ver aquel ser pringoso y lleno de sangre sobre su piel.

—Así lo hacíamos en Aljuariz —se le ha escapado, porque no debemos decir de dónde venimos—. Es bueno para la piel del bebé y para que te reconozca cuanto antes, así se engancha mejor y no tienes problemas para alimentarlo.

Después la mujer ha mirado a su hijo y se ha echado a llorar mientras le sujetaba la cabeza como quien sujeta un huevo, sin querer cerrar mucho la mano por si se rompe.

En realidad mi madre no asistió ningún parto sola hasta que se marchó para siempre de la Casa Acosta, le gusta llamarla así porque su padre no soportaba que el nombre del dueño anterior prevaleciera con tanta fuerza en la rutina de la gente, pero así es como la siguieron llamando hasta el final.

La recién parida ha estado durmiendo con su bebé en el pecho durante horas, hasta que se ha enganchado y ha empezado a mamar todavía con los ojos cerrados, pero han tenido que interrumpirles porque el hombre ha exigido ver a su hijo.

En esta ocasión nos ha acompañado un notario. Es una familia con tierras y él tiene dos hijos de un matrimonio anterior. La primera mujer murió durante el parto, por lo que en este ha querido que estuviera presente el escribano, para que diera fe de que no se hacía ningún extraño. Y menos mal que estaba el hombre, porque el niño ha salido con el capullo limpio, como dice mi madre, es decir, sin el pellejo que tienen los niños y los hombres alrededor del miembro, y el padre ha pedido explicaciones de manera violenta. Mi madre le ha contado que eso es más normal de lo que parece, que muchos niños nacen así, y el notario ha asegurado que no había visto hacer nada fuera de lo normal, aunque en esto ha mentido, y no porque mi madre haya cambiado al niño por otro o lo haya circuncidado, como dicen que hacen algunas brujas que practican la partería, sino porque el hombre solo ha sido capaz de mirar lo que nos traíamos entre manos un par de veces y de soslayo.

El marido de la parturienta no se ha quedado muy conforme y le ha dicho a mi madre que no está seguro de querer pagarle lo acordado por traer al mundo a un hijo suyo con ese defecto, y ella se ha callado porque el tiempo vuelve a la gente cobarde.

—¿Cobarde o prudente? —me ha dicho.

Siempre me contesta o me riñe o me sermonea con preguntas. Ella opina que así pienso más o se me quedan mejor las cosas.

—La partera ha de ser prudente, hija mía. —Y doblando la ropa porque ya nos íbamos, ha continuado—. Además, ese hombre me eriza la piel, es igual que tu abuelo.

Siempre que un hombre es desagradable, con nosotras o con otra gente, dice que le recuerda a mi abuelo, aunque con este tenía más motivos porque también era pelirrojo, y no es muy habitual que nos crucemos con gente que tiene el pelo de ese color, muy parecido al nuestro, aunque yo tengo el cabello un poco más rubio y lo puedo acentuar con un tinte que hacemos para clarearlo. Mi madre siempre lo lleva cubierto porque en la mitad de la cabeza no le crece el pelo por un accidente que tuvo siendo niña. Lo que más me llama la atención de las historias que cuenta de él es que nunca dice «mi padre», siempre lo aleja de sus afectos convirtiéndolo en algo mío, «tu abuelo», que solo indirectamente es suyo.

El padre de mi madre se llamaba Pedro Rengel y se levantaba todos los días a las cinco de la mañana para supervisar el ganado, casi contarlo, y asegurarse de hablar con todos los hombres que tenían que ir al campo para que las Madres de la Tierra hicieran bien su trabajo, especialmente en la época de la recolección, cuando era más fácil que lo engañasen. No era delgado, pero sí fuerte, aunque no muy alto, por eso construyó una tarima de madera de casi un metro detrás de la Casa Acosta, donde estaba la salida al lago que había desde la cocina. Allí es donde reunía a los trabajadores todas las mañanas al alba. Le gustaba hablarles por encima de sus cabezas, y pronto se acostumbró a ese territorio elevado para hacer patente su ficticia superioridad.

—«Dime de qué presumes y te diré de qué careces», eso farfullaba Afrodisia cuando lo veía engarabitarse a aquel artilugio para hablar con los hombres con los que trabajaba todos los días —me cuenta mi madre con la mirada perdida en aquella época.

También subía a la tarima para dar breves discursos el día de la virgen o simplemente para otear el horizonte, tal vez pensando en su padre o en sus muertos, los que él había mandado matar y los que descansaban perdidos en las profundidades del lago.

Mi madre regresó tres veces a El Espejo de Diana después de su ostracismo en el convento de Santa María, pero solo la primera subió mi abuelo aquella la tarima para ver llegar el carro desde la línea del horizonte. Hacía tres años que no la veían y querían que el recibimiento fuera especial, entre otras cosas porque había sido nombrada Novia de Mayo. Así que salieron todos a recibirla, también las mujeres que trabajaban en la casa y, por supuesto, Afrodisia e Isabel Maldonado.

Las fiestas de mayo eran la única celebración que conservaban las Madres de la Tierra como propia. Mateo lo permitía porque sabía que era una fiesta común en todas partes, aunque, como había ocurrido con todos los cultos de las mujeres, los hombres de la Iglesia supieron también apropiarse de ella poco a poco. La Novia de Mayo solía ser elegida entre las muchachas de Aljuariz, a veces de alguna aldea cercana, e Isabel Maldonado llevaba dos primaveras intentando que nombraran a Alejandra, mi madre, para tener la excusa de traerla y pasar unos días con ella, pero las Madres de la Tierra se habían vuelto reticentes con todo lo que venía de la Casa Acosta, por miedo a Pedro Rengel y a su hermano, y no querían tener ninguna relación con él, aunque fuera a través de su hija. Por eso le costó un poco más convencerlas, aunque al final lo consiguiera. Isabel Maldonado todavía se ocupaba de que el fuego de aquella casa permaneciera encendido, y el único motivo para ello era el deseo de ver a su Alejandra viviendo de nuevo en El Espejo de Diana.

Cuando por fin la tuvieron frente a sus ojos apenas reconocieron a la niña que se había ido. Estaba igual de alta que su madre, para gran pesar de mi abuelo y de Mateo, con la piel clara de los pelirrojos, aunque con la cabeza cubierta con un pañuelo entre azul y morado, muy llamativo, que daba una vuelta y se anudaba de manera extraña en la parte superior. Todavía lo lleva así atado, aunque lo cambia de color cada semana.

—Es un turbante —replicó Alejandra cuando Afrodisia le riñó, pero qué se había puesto en la cabeza—, se lo vi a un mercader que venía a traer comida y telas a Santa María y lo he copiado, aunque no me lo até así hasta que salí del convento.

Tenía las facciones casi de mujer, con la barbilla afilada de Felisa, pero la mirada de liebre inquieta era la misma que la de la niña que todo lo preguntaba y la del bebé que a todos lados quería llegar. Así se lo hicieron saber dándole besos y abrazos las mujeres; los hombres permanecieron en silencio, con los brazos cruzados. Pedro le dio la bienvenida a su casa y miró a Mateo antes de irse, insinuando una orden callada.

—Quítate eso de la cabeza, Alejandra —obedeció Mateo—, no creo que las monjas lo aprueben.

Mi madre me habla de El Espejo de Diana como un lugar feliz de su infancia, por eso recuerda aquella sensación de extrañamiento en su primer regreso, con la ausencia de su abuela Felisa planeando por todas las habitaciones como un fantasma. Afrodisia la obligaba de niña a descalzarse en la cocina para no ensuciar el suelo, así que hizo lo propio y se deslizó durante un rato con los pies desnudos por las habitaciones oscuras de la casa. Muchas estaban en penumbra, no solo por la época del año, sino porque nadie las habitaba. Es fácil saber si una casa tiene vida o no, me dice mi madre cuando recuerda como se le heló el corazón al ver el altar de mi bisabuela, el que le ponía a todas las mujeres que iban a parir y con el que recordaba a sus muertos, olvidado y lleno de polvo en su habitación. No comprendió ese descuido de Isabel Maldonado, aunque entendía que las sabias de Aljuariz tenían otros cultos y nunca habían compartido los de la dueña.

Fuera de la casa también parecía haber algo distinto. Una primavera tímida apenas se insinuaba en las praderas por las que se dio un largo paseo, observando cómo una nueva sequía parecía estar menguando la cosecha de ese año, pero había algo más, algo que casi podía respirar, como si un viento salvaje predijera la huida, el abandono de la mano humana sobre la tierra.

La aridez de aquella hacienda que tanto temiera la abuela Felisa parecía haber resucitado, secando el campo y el carácter de la gente. Ese año, más que nunca, se preparaban las fiestas de mayo con pertinaz esmero, esperando el milagro de la naturaleza, puesto que los dioses de los hombres se habían olvidado de las verdaderas dueñas, aquellas que trabajaban la tierra.

En la última subasta de tierras comunales, los Rengel terminaron de comprar los campos de cultivo que conformaban toda la comarca y estaban asfixiando a las familias del campo, intentando rentabilizar su inversión a costa de provocar hambre y miseria, pues se debían afrontar unos pagos en dinero o, la mayoría de las veces, en especies, que apenas dejaban a las madres margen para subsistir.

La sequía que había desabastecido los cultivos de riego tampoco era de ayuda, y cuando mi madre regresó todo el mundo parecía ocupado en llorar por un agua que no llegaba, así se lo repetía cada mujer de Aljuariz con la que se cruzaba, y después de saludarla y del qué mayor y qué alta estaba venía el a ver si llueve, hija. Mateo Rengel había promulgado un *Ad petendam pluviam* y las sabias continuaban practicando su ciencia, mientras la entonces niña Alejandra, mi madre, observaba en silencio lo poco que había cambiado todo, a excepción de ella misma, que se había vuelto mucho más prudente.

Esa prudencia que mi madre realza con un silencio casi constante está relacionada con su forma de trabajar, pues casi siempre anda escribiendo sobre un nuevo fármaco o algún experimento que le haga a la gente la vida más fácil, hasta el punto de que ha desarrollado una asombrosa habilidad para fingir que escucha o está atenta a lo que sucede a su alrededor, cuando en realidad tiene la cabeza en el cuaderno de notas, al que siempre quiere regresar. Ella me cuenta que en realidad es así desde muy joven, pues muchas veces la curiosidad infantil torna en observación pausada durante la juventud.

Esta nueva faceta de su Alejandra sorprendió a Isabel Maldonado, que esperaba a la niña habladora y pizpireta que alegraba cada estancia de la casa. Sin embargo, facilitó bastante el trabajo de convertirla en Novia de Mayo, pues unos años atrás no habría parado de preguntar por qué pensaban que aquel vestido, aquellos bailes, aquellos adornos de flores y ramas que decoraban todas las casas iban a provocar una buena cosecha o la llegada de la lluvia, pero ahora que conocía el significado de la palabra inefable, prefería facilitar la vida de las personas que creían, evitando ser condescendiente con algo que, si bien no entendía ni compartía, tampoco le provocaba daño o pesadumbre, pues su sentido era simbólico, no científico.

Por este motivo se dejó coronar con aquella guirnalda fabricada con las últimas violetas y las primeras margaritas. Debía ir vestida de blanco y pasearse con su séquito, niños y niñas del pueblo con los que había jugado siempre, llevando en sus manos un arbolito que entre todos adornaron con cintas y guirnaldas.

El séquito fue a buscarla a primera hora de la mañana del día 1 de mayo. Los niños llevaban unos látigos cortos con los que golpeaban el suelo arcilloso de Aljuariz, levantando un polvo anaranjado que manchó los vestidos inmaculados de la Novia de Mayo y de las otras doncellas que la acompañaban cantando y dando vueltas sobre ellas mismas. Mi madre todavía recuerda esas canciones y me las canta si nos sorprende la primavera en el camino, así el viaje se hace más ligero. Son redondillas que anuncian la llegada de la época de recolecta, otras piden regalos o cosas más prosaicas, como pan o huevos, y otras amenazan con que el lobo se comerá el ganado y los sembrados no darán grano si no le das algo a la Novia, porque de ella depende la cosecha de ese año. Los obsequios eran para la Novia, pero como casi todo era de beber y de comer, lo que Alejandra hizo, igual que lo hicieron todas las muchachas en años anteriores, fue compartirlo con su séquito en una fiesta que duraba desde el mediodía hasta el anochecer.

En la entrada del pueblo ponían un olmo que talaban expresamente para la fiesta y que vestían prácticamente igual que aquel pequeño que portaba ese día mi madre. Con la caída de la tarde todos cantaban y bailaban a su alrededor. Ese año pidieron a la niña Alejandra que ayudara también con los adornos del árbol grande. En la copa pusieron flores y más abajo entrelazaron ramitas y hojas que formaban guirnaldas, y a los pies grandes ramas para cubrir el tronco. Tanta gente se acumulaba cada año alrededor del árbol que Mateo decidió poner también una cruz.

Algo que mi madre no había visto, pues su padre y Mateo nunca la dejaron quedarse lo suficiente hasta ese día, fue el camino de ramas de olmo y de olivo que trazaban desde la salida de Aljuariz hasta la linde de las primeras huertas. Este manto verde también serpenteaba por algunas calles, y en ocasiones llegaba hasta la misma puerta de las casas. Isabel Maldonado le explicó que era para que pasara el Rey de Mayo, una figura que vivía en la memoria de Alejandra como una sombra oscura. Al nombrarlo recordó haberlo visto con tres o cuatro años, su abuela Felisa la sacó al anochecer pese a la prohibición de los hombres de la Casa Acosta, porque quería que su niña formara parte de la procesión que acompañaba al Rey de Mayo hasta los campos. Cuando mi madre vio aquella figura enorme, cubierta de hojarasca, sin manos ni pies ni cara, se escondió en el hombro de su abuela y así estuvo casi todo el camino, hasta que Felisa no pudo soportar los sollozos de la niña sobre su hombro y regresó a la Casa Acosta.

Al ver de nuevo aquella figura, más de diez años después, empezó a llorar igual que lo hiciera aquel día siendo una niña, pero no porque le siguiera dando miedo, sino porque por un instante pudo oler a su abuela Felisa, algo que le hizo pensar en la falta de sostén que tenía ahora su vida. El duelo por la muerte de alguien amado es algo que puede delimitar el tiempo, pero la orfandad que siente la piel te acompaña hasta el último día de tu vida, tal vez un poco más.

Aunque nunca lo había pensado, ahora se daba cuenta de que aquella figura que tanto terror le dio siendo niña no era más que un hombre disfrazado. El Rey de Mayo se movía montado en un caballo, por eso parecía tan grande. Iba metido en una especie de pirámide hecha de ramas que llegaban prácticamente hasta el suelo. La cima de esta envoltura de hojas estaba decorada con una corona de espigas de mies entrelazadas, y a la altura de lo que debía ser la cara había dejado una abertura a través de la cual se podían ver los ojos. Además, tenía los brazos libres, algo que mi madre no recordaba haber visto. Con una antorcha encendida el Rey de Mayo presidía la procesión, detrás de él empezó a caminar medio Aljuariz y, cerrando la comitiva, iba mi madre con su séquito bailando y cantando.

Entraron en el primero de los terrenos que hasta hacía muy poco habían sido comunales y que ahora pertenecían a Pedro Rengel. Los dueños no se oponían a una celebración que llevaban viendo toda la vida y que Mateo aprobaba, aunque ninguno de los dos asistiera, ni siquiera para ver a Alejandra.

Enseguida le explicaron que el Rey de Mayo le entregaba la corona de espigas a la Novia y que esta debía ponérsela, sustituyéndola por la de flores ya mustias que había llevado todo el día. Cuando la pirámide de hojarasca se empezó a acercar a ella mi madre pudo distinguir la sonrisa de un amigo en la mirada medio escondida de aquel Rey, pero fueron sus manos, las que durante horas veía modelar y trabajar el barro, las mismas manos que se entrelazaban con las suyas de niña para quitar la arcilla después de inventar figuras de animales, las que le revelaron que era Dimas quien le entregaba ese año el fruto a la Novia de Mayo.

Hicieron falta dos hombres para desembarazar al alfarero del pesado traje. Mi madre le sonrió como si por fin hubiese llegado a su casa, pero Dimas apenas la reconoció por el gran cambio que la cara y el cuerpo de la niña Alejandra habían dado en aquellos tres años.

Con la antorcha que Dimas había llevado durante la procesión hicieron un gran fuego para iluminar la débil oscuridad de aquella noche de luna llena, mientras deshacían el resto del traje, clavando las ramas de los árboles en la tierra, y todos los allí presentes estuvieron bailando, comiendo y cantando hasta la madrugada. Todos menos el Rey y la Novia de Mayo, que, cogidos de la mano, se perdieron en la noche sin cruzar palabra.

La biblioteca de Santa María

Ayer, cuando nos despedimos de la última recién parida a la que hemos atendido, cruzamos por la vertiente de unas tierras fluviales. Al llevar el río un caudal abundante, la tierra del camino estaba enfangada y nuestro caballo casi hundía las pezuñas en el jadeante légamo, con pequeñas burbujas y larvas que veían la luz por primera vez. Me pregunté entonces si los hombres y mujeres que habitamos la tierra somos hijos del barro, como dicen algunas leyendas. Pensé si no sería esa mezcla creadora una nueva manera de darle vida al agua o una forma de degradación, de manchar irresolublemente lo que por definición es claro. En una de las cartas que mi madre le escribió a mi padre cuando estaba en Santa María le decía algo relacionado con la pureza que para ella representaba la fusión del agua y la tierra: «Barro soy, porque en el barro creo, al barro amo y por el barro muero». Le he preguntado si podía buscar esa carta en la caja donde las guarda, a ella no le importa que las lea a menudo y a mí me gusta hacerlo para entender el mundo que tantas veces me relata, y para el que solo tengo su palabra y mi imaginación.

Me permite que lea las que ella escribió, pero no las que mi padre le contestaba.

—Sería una falta de respeto. Te tendría que dar permiso él mismo. Lo único que yo puedo hacer es relatarte lo que me contaba en ellas, así el filtro de mis palabras no traiciona las suyas.

Cuando mi madre llegó a Santa María, el convento que tantas veces les recomendó Lucrecia a los Rengel para educar bien a las niñas, iba tan preparada para sentir miedo que lo que encontró no le pareció tan terrible. Las niñas vestían con una túnica larga, parecida a la de las monjas que las guardaban, de un color blanco crudo que con el paso del tiempo y los lavados se volvía cada vez más amarillo. También llevaban un gorrito con el que podía cubrir el estigma de la quemadura sin despertar curiosidad por el hábito permanente.

No le atraía la compañía de las niñas de su edad y las monjas encargadas de su educación eran prácticamente analfabetas, porque lo que ellas debían aprender no estaba relacionado con las letras y mucho menos con los números.

Las hacían trabajar en el huerto, donde mi madre se hizo enseguida imprescindible por venir de un lugar donde el sustento dependía de la siembra, y en la cocina, donde poco a poco fue encontrando huecos para continuar aprendiendo con sus experimentos. El resto del tiempo debía dedicarlo a leer los pasajes de la Biblia que cada día les señalaban y a rezar. Con el paso de los meses comenzó a pensar que aquel lugar era un espacio inigualable para el estudio, alejado del mundo de los hombres, aunque disfrazado del atuendo del ideal de pureza que ellos mismos habían diseñado.

Las niñas estaban preparándose para el matrimonio con hombres que no conocían y con los que estaban comprometidas prácticamente desde su nacimiento. La mayoría de ellas se dedicaba a la ociosa conspiración que suelen generar los espacios y sociedades pequeñas, pero algunas estaban también interesadas en la evasión de las cosas mundanas y, por mucho que los curas insistieran en ello, al final la Biblia se les quedaba pequeña.

Había en Santa María otras monjas que no se encargaban de la educación y el cuidado de las niñas. Vivían apartadas en el edificio colindante y en raras ocasiones salían de sus celdas, ni siquiera para ir a misa, aunque sí para pasear por los jardines y huertos que rodeaban el convento. Eran mujeres de familias poderosas que habían tenido la fortuna de no ser llamadas al matrimonio. El mundo nunca ha sabido qué hacer con las mujeres que no se casan o no se reproducen, por eso las encerraban en estos lugares. En Aljuariz estaban las Cuevas, allí vivían aquellas que decidieron alejarse de un destino indeseado, pero las damas no podían vivir en una cueva. La mayoría de aquellas monjas, aunque hacían voto de pobreza y vestían hábitos, no renunciaban a sus privilegios, por eso en Santa María también vivían las criadas, que las asistían en todo. Algunas contaban con varias alcobas donde, entre otras cosas, recibían a sus amantes.

El edificio en el que vivían estas mujeres ocupaba el ala sudeste. Las habitaciones, igual que en el de las niñas, estaban en la planta superior, y en la inferior había una cocina, un comedor y una capilla independientes, aunque lo más atractivo para Alejandra era la enorme biblioteca de la que algunas compañeras le habían hablado.

Mi madre suele recordar el día que conoció la existencia de esta biblioteca como el día que recuperó las ganas de respirar, después de tanto tiempo encerrada en aquella cárcel de silencio. Llevaba tan solo unos meses en el convento, pero el miedo y la soledad ya habían comenzado a moldear su carácter. Había una rigurosa voluntad de que las niñas permanecieran calladas para que las voces no interrumpieran la paz y el sosiego del que debían impregnarse aquellas gruesas paredes de piedra. La posibilidad de un intercambio de ideas entre ellas tampoco era algo que las monjas toleraran, por lo que todas las conversaciones que no estuvieran supervisadas y se alejaran de temas prácticos del día a día, eran inmediatamente censuradas con exaltados siseos que se repartían, como el eco, por todas las esquinas de Santa María.

Tenían que hacer cola para entrar al comedor, al que se accedía bajando unas escaleras directamente desde la planta donde estaban las celdas. Este acceso estaba en una esquina del atrio, donde había un corredor estrecho desde el que podía verse el ala sudeste. Un mediodía en el que llegó tarde a la cola y le tocó ser la última en entrar vio desde esa esquina a una mujer leyendo. Era un libro pequeño, con la tapa roja, y por un segundo Alejandra pensó que podía ser un libro de rezos, pero la mujer tenía tal expresión de interés y concentración en su cara que enseguida le asaltó la duda.

Al día siguiente volvió a quedarse rezagada y vio a la misma mujer, pero con un libro diferente, más grande y con las tapas de piel marrón, y así durante algunas semanas hasta que, estando en la misma cola, se atrevió a quebrantar el silencio impuesto preguntándole a una compañera de dónde sacaban aquellos libros las mujeres del ala sudeste. La compañera la miró arqueando las cejas, aterrada ante la posibilidad de que las monjas las pillaran hablando en la cola, miró hacia delante y sin moverse susurró:

—Tienen una biblioteca.

El día que llegó a Santa María su supervisora le informó de que había una celda de castigo donde encerraban a las que desobedecían las normas del convento, allí podías permanecer más de un mes si contestabas a una de las profesoras, faltabas a tus obligaciones más de tres veces seguidas o te salías de los espacios en los que debías estar. La mayoría de las largas cartas que le envió a mi padre las escribió desde esta celda de castigo.

Por supuesto, acceder al ala sudeste estaba prohibido, pero la única ventaja con la que cuenta la voluntad cercenada es el tiempo. El tiempo tiene la cualidad de cumplir los deseos con una minuciosidad apenas perceptible, aunque real y efectiva. Cuando la niña Alejandra, mi madre, la mujer de mente insaciable de conocimiento que sigue leyendo por las noches hasta quedarse ciega, descubrió que había una montaña de libros esperándola a tan solo unos metros, decidió que tenía dos opciones, obedecer a las monjas y fingir una muerte en vida, tal y como ellas pretendían, o intentar vivir sin que la pillaran.

Solo había un pasillo de apenas cuatro metros que conectaba un edificio con otro y el mejor momento para cruzarlo era después del almuerzo, cuando todas las mujeres de Santa María, monjas, damas, niñas y criadas, se encerraban en sus celdas para dormir la siesta. Después había que cruzar el patio interior en diagonal, la biblioteca tenía una puerta de salida a este patio, justo al lado del banco de piedra en el que se sentaba aquella mujer cada día para leer su libro.

El miedo que sintió la primera vez que entró en aquella habitación estuvo acompañado de un inesperado placer al sentirse verdaderamente libre, aunque fuera solo por unos instantes. No debía de tener más de dos mil volúmenes apiñados de manera desordenada en distintas alacenas, o directamente en el suelo, formando altas columnas, por lo que había que agacharse e ir subiendo y rodeándolas poco a poco para leer los títulos en los lomos, pero esto no lo hizo hasta un tiempo después, cuando ya se había acostumbrado al desasosiego que le producían aquellos viajes de apenas unos metros que separaban el sopor de la felicidad. Las primeras veces los cogía sin leer los títulos ni sopesar el tamaño que tenían para meterlos en el bolsillo delantero que tenía su túnica. Devolvía los que no le gustaban demasiado, pero los que le interesaban quedaban apiñados debajo de su cama, pues las niñas de Santa María tenían que limpiar sus propias celdas y no había peligro de que nadie los encontrara, o al menos eso quiso pensar para quitarse esa preocupación de la mente. Fue entonces cuando se acostumbró a leer a la luz de las velas, pues en realidad las monjas tenían organizadas de manera exhaustiva las tediosas horas de cada día para que el ocio no depositara ni un ápice de luz en las mentes imaginativas.

Poco tiempo después descubrió que la causa de aquel desorden de la supuesta biblioteca era porque en realidad no era la biblioteca, sino la habitación contigua en la que apilaban y clasificaban los nuevos volúmenes antes de colocarlos en las estanterías. Desgraciadamente, la causa de este descubrimiento estuvo propiciada por el día de limpieza general que cada año se hacía en Santa María la semana o semanas previas al solsticio de verano, pero sin que las niñas supieran el día exacto. En el caso de Alejandra Rengel, al ser, además, su primer año, no conocía la existencia del acontecimiento para el que sus compañeras se preparaban limpiando las celdas de cualquier objeto o rastro de actividad ilícita. Además, alguien en el ala sudeste alertó sobre la desaparición de algunos volúmenes que ya habían sido registrados para la biblioteca, por lo que la predisposición al castigo en la jerarquía superior del convento estaba alimentada bajo la sospecha de una lectora ladrona.

Encontraron los libros con facilidad, y cuando aquella mañana de junio mi madre entendió lo que estaba ocurriendo ya era demasiado tarde para deshacerse de ellos e imposible esconderlos, pues no había dónde.

La llevaron a la misma sala donde la recibieron el día que llegó y por un segundo la niña Alejandra pensó que tal vez la expulsaran, anhelando el momento de poner un pie fuera de aquel lugar, pero no fue eso lo que le comunicó la superiora del convento, sino su reclusión durante un mes en la celda de castigo con el objetivo de provocar una auténtica expiación de sus faltas.

La celda era extremadamente pequeña, apenas dos metros por tres, en los que solo había sitio para una cama y una mesita baja con una Biblia. Por fortuna tenía una ventana, y no solo por el enorme desahogo que suponía para los endemoniados pensamientos en bucle que agonizaban en la mente de la presa, sino por los desagradables olores que acumulaba la palangana que encontró debajo de la cama si tardaban más de lo debido en retirarla. Pero, lo que ella siempre recuerda, como algo clavado en la parte más viva de su memoria, fue la dolorosa y repentina ausencia de lectura.

Empezó a inclinar sus deseos vitales hacia la ensoñación en lugar de a la actividad intelectual y así se lo explicó a ella misma, como un tiempo para pensar en lugar de para aprender, o para reflexionar sobre lo aprendido, algo que rara vez había hecho, debido a su corta edad y a la necesidad de información con la que su mente la interpelaba.

Tardó varios días en llegar a la conclusión de que le resultaba imposible concretar ninguna idea sin consultar sus notas o escribir para pasar de la divagación a lo preciso, y tomó por costumbre abandonarse a un llanto inútil que muy pocas veces había practicado en su vida, aunque ahora creía plenamente justificado, presa como se sentía de un irresoluble desánimo ante la impotencia física y mental. Al principio eran lágrimas de tristeza, esas que viajan por las mejillas sin que su dueña sea apenas consciente de su presencia, pues la pura amargura le impide darse cuenta de que tiene las mejillas mojadas. Pasados los días pensó que si el llanto era ruidoso tal vez alguien la oyera y se apiadara de ella. Generar pena con su pena es algo que se aleja por completo del carácter de mi madre, por lo que no puedo imaginar lo desesperada que debió sentirse al verse encerrada y sin alicientes, siendo todavía una niña, alejada de todo lo que amaba y la amaba.

Lloró desesperada y pidió auxilio, aunque nunca perdón. Tampoco habría servido de nada, pues en Santa María practicaban castigos ejemplarizantes, una enfermedad muy grave, cercana a la muerte, era lo único que sacaba a una castigada de aquella celda y, de momento, no era el caso. Observaban con meticulosidad la cantidad de comida que faltaba en el plato que le llevaban tres veces al día y la textura de las heces y el orín para calibrar si la niña seguía con buena salud, pues no era cuestión de devolver una futura esposa insana a la familia o al futuro marido.

Todavía hoy no sabe calcular cuántos días estuvo despertándose y acostándose entre llantos. Se levantaba para comer, paseaba por la habitación, miraba durante horas por la ventana y volvía a tenderse en la cama, casi siempre para continuar sollozando hasta empapar por completo la almohada y permanecer en una especie de duermevela que la llevaba con su imaginación y sus recuerdos a otros lugares, lejos de allí.

Ella está convencida de que empezó a sangrar por el abatimiento que sentía; lo ha visto muchas veces a lo largo de su vida. Un acontecimiento traumático puede hacer que la mujer sangre, incluso que se adelante a su ciclo, aunque a ella por edad le tocaba desde hacía tiempo y sabía perfectamente lo que tenía que hacer y qué era aquello. Para eso, y para muchas otras cosas, le sirvió la ciencia de la abuela Felisa.

Fue al anochecer, cuando ya le habían retirado el plato de la cena y vaciado la palangana, aunque todavía había luz porque el verano alargaba las tardes de una manera exasperante. No hubo dolor ni retortijones que la avisaran, estaba sentada en la cama cuando se sintió mojada, miró su túnica por detrás y vio una pequeña mancha marrón. Se quitó la ropa y descubrió que la mancha no era tan pequeña. Primero la olió, pensando que era imposible que aquello fuera sangre, y al cerciorarse de que no eran heces aproximó las yemas de los dedos a la textura densa y pastosa de aquella mancha marrón. Se asustó un poco y luego pensó que no tenía nada con que limpiarse, así que se entretuvo durante horas en romper la sábana de la cama en trozos que se iba colocando entre las piernas para no terminar empapada en sangre. También se quitó la túnica, porque a esas alturas del verano ya hacía bastante calor, se tumbó en la cama desnuda, con aquellos paños improvisados rodeándole las caderas y cruzándose entre las ingles de manera torpe, y empezó de nuevo a llorar sin lograr quedarse dormida, pero entrando en una especie de sueño consciente que poco a poco la fue calmando.

Nunca ha querido explicarme si soñó o no soñó que estaba en El Espejo de Diana, modelando figuritas de arcilla junto a Dimas en la habitación del horno que había en la Casa Acosta. Sintió nítidamente la textura del barro en sus manos y la facilidad con la que su mente le ordenaba que alargara las patas del caballito que estaba haciendo. Cuando la concentración y la calma que aquel lugar y aquellos movimientos le proporcionaban fueron estables en su ánimo, empezó a oír los ruidos del resto de la casa y también los que provenían de la cocina de Afrodisia. Olió el humo del fuego que Isabel Maldonado aventaba al albor del mediodía para que pudieran calentar la comida. Recorrió las habitaciones de la casa sintiendo el frío de las losetas de barro en las plantas de sus pies. En algún momento se habría descalzado, tal y como le pedía siempre Afrodisia, pero en ese momento no recordaba haberlo hecho. Oyó los quejidos de una mujer en el dormitorio de su abuela y entró sin llamar. Una muchacha un poco mayor que ella estaba sentada en el sillón de parto, con el camisón levantado y las piernas abiertas, unas piernas muy largas. Su abuela la asistía sentada en el viejo taburete de patas cortas, la parturienta tenía la melena suelta y despeinada, era morena, pero notó en su expresión algo familiar, algo que le recordaba a ella misma. De pronto la muchacha abrió los ojos que habían permanecido cerrados durante el último empuje y sus miradas se cruzaron. Las dos se asustaron, pero a la que se oyó fue a la parturienta, entonces Felisa levantó también la cabeza. Aunque no la conocía, estuvo entonces segura de que aquella muchacha era Isabel Acosta, su madre, en el momento de su parto, pero tuvo que salir corriendo cuando Felisa se giró y comprobó que, en lugar de la cara de su abuela, había un gran hueco oscuro que le recordó a la muerte.

No se despertó de un sobresalto porque no estaba dormida, tampoco salió corriendo espantada por la extraña visión, pero el susto la hizo volver a las figuras de barro. En un instante estaba de nuevo en el horno de Dimas modelando aquel caballito que tanto le estaba costando terminar. No sabía cómo había regresado, pero prefirió permanecer un rato allí sentada sin entrar en la casa, y cuando por fin lo terminó, salió a dar un paseo por los alrededores de Aljuariz, hasta llegar a los campos sembrados que las Madres de la Tierra trabajaban de sol a sol.

En el camino tropezó varias veces con niños desarrapados que le pedían algo que comer, algunos parecían enfermos y otros a punto de morir de inanición. Los cuervos y los grajos rebuscaban en los sembrados los granos que no habían germinado sin que nadie se lo impidiera; las acequias que mandara construir Isabel Maldonado y que traían el agua bajaban desde el lago sin nada que alimentase la tierra. Nunca vio ni oyó que ocurriera algo parecido en El Espejo de Diana, nunca el hambre había llegado hasta los niños.

Un murmullo lejano interrumpió aquella triste visión, un rumor que venía de lejos, parecía que del mismo centro de Aljuariz. Siguió el rastro de aquel rumor ininteligible acercándose al pueblo, hasta que una voz empezó a destacar sobre el ruido, imponiéndose sobre las demás con un discurso cada vez más claro. Era Dimas subido en la fuente central de la plaza, donde en septiembre se celebraban las fiestas de los jarritos, a las que él iba con su mercancía. Hablaba en voz alta, pero no estaba enfadado, más bien tenía un tono explicativo, aunque sus palabras no se alejaban de la indignación. Les contaba a los hombres y mujeres que le escuchaban lo que había ocurrido con las tierras comunales, cómo los Rengel se habían ido apropiando indebidamente de ellas de manera silenciosa y por qué ahora las Madres de la Tierra no podían salir al campo a trabajar, como habían hecho siempre, pues necesitaban el permiso de los dueños, que les dejaban hacerlo si pagaban un estipendio que muy pocas familias podían asumir.

El discurso de Dimas era continuamente interrumpido por los gritos de indignación de los hombres y mujeres que le mostraban su impotencia, como si con sus voces pudieran trazar el camino hacia alguna solución. Para ello exhortaban al alfarero, que siempre había sido muy querido en Aljuariz, por comportarse con todos, como decía Isabel Maldonado, como un ser de luz. Tal vez por eso confiaban en él para que iluminara el doloroso presente y el inexistente futuro que la pérdida del sustento traería. Las Madres de la Tierra levantaban los aparejos del campo, ahora inservibles para la siembra, como si fueran armas con las que derrotar la injusticia, pero la expresión de Dimas solo dibujaba desasosiego sobre lo que de verdad ocurriría si el hambre, o la enfermedad que esta trae, empezaba a cebarse con los niños.

Entonces aparecieron de nuevo frente a sus ojos aquellos vagabundos hambrientos, despojados de juego y aprendizaje, imbuidos en la miseria que precede a la muerte sin apenas haber tenido tiempo de entender qué era la vida. El corazón de mi madre latió como si cayera de un precipicio y una voz de hombre empezó a susurrarle: «¿Duermes, Aquiles, y me tienes olvidado?». Eran las últimas palabras que Patroclo le decía a Aquiles en la *Ilíada*, antes de desaparecer en el abrazo.

Los llantos de los niños se mezclaron con los gritos de las mujeres, Dimas les seguía hablando, pero ella ya no podía oírlo. «¿Duermes, Aquiles, y me tienes olvidado?», escuchó de nuevo.

De pronto apareció un hombre a caballo en la plaza. Llevaba una lanza antigua, una lanza flamenca o tebana, «¿Duermes, Aquiles?».

El hombre a caballo se acercó hasta Dimas, los gritos de Aljuariz se silenciaron y la lanza cruzó las costillas del héroe, tal vez ahora ataran su cuerpo al caballo y rodearan la plaza con él hasta que su piel se despedazara, como hicieron con Héctor, el hermano de Paris.

Sintió el sudor en la espalda, el olor de la sangre reseca entre sus muslos, la cama manchada, la luz entrando por la ventana, cegadora, insolente, perturbadora. Sonó, por fin, la voz de Dimas: «¿Duermes, Alejandra, o me tienes olvidado?». Alguien llamó a la puerta de la celda y mi madre abrió los ojos.

—Despierta, Alejandra —escuchó.

—No —susurró la prisionera—. No estaba dormida.

La dama sabia

La criada de una de las damas que fingía ser monja en Santa María supo que aquella historia iba a interesar a su dueña y, para hacérselo llegar lo antes posible, seguro que aceleró el paso por uno de los pasillos que circundaban las alcobas del ala sudeste. Sor Ángela era la impulsora de la biblioteca del convento y quería convertirla en un lugar de referencia. Tenía a varias novicias encargadas de archivar y ordenar los tomos que iban llegando con cuentagotas desde hacía años. Ella intentaba supervisar los avances de esta labor, dedicándose por completo a la biblioteca al menos un día a la semana, pero a veces no tenía tiempo para ello, pues solía trabajar de madrugada en sus propios escritos y lecturas, por lo que pasaba gran parte de los días durmiendo.

Igual que la abuela Felisa, también era aficionada al opio, droga que le facilitaba el viaje nocturno hacia otras comunicaciones con su alma, como ella las llamaba, así como una actitud de aparente aplomo que propiciaba entre las mujeres de aquel lugar un respeto fronterizo entre el temor y la admiración. También tenía más años de los que nadie pudo nunca calcular, pero la ausencia de trabajo y la estoica dieta a la que se sometía a diario contribuían a un estado físico excelente, aunque el mental fuera en ocasiones origen de chismorreos inofensivos entre las criadas.

Algunas veces, cuando al amanecer comenzaba el movimiento en el claustro, la encontraban dormida en cualquier esquina, en algún banco del patio interior del ala sudeste, o tendida en el suelo de su celda, con la puerta abierta, porque en sus paseos noctámbulos había logrado regresar a su espacio, pero sin rozar la cama ni tener juicio para cerrar la puerta. Siempre tenía los dedos índice y pulgar de la mano izquierda manchados de tinta y vivía con los papeles donde se alojaban sus versos desparramados por el suelo. No le importaban los chismorreos ni las reprimendas veladas de las superioras, que nada podían hacer porque nada se puede hacer contra el dinero, solo amarlo o ignorarlo. Sor Ángela era una mujer rica y, en estos casos, en Santa María siempre se decantaban por el amor.

Lo que no podía soportar era que la trataran como a una débil mental, si intuía que alguna de sus criadas empezaba a hablarle con condescendencia, la despedía inmediatamente:

—Cuando estas mujeres me demuestren que han leído la mitad de los libros de esta biblioteca les permitiré hablarme como si yo fuera idiota.

La joven que la asistía en ese momento había entendido perfectamente su carácter y al oír la historia de mi madre supo que le interesaría. Una de sus funciones consistía en informar a su dueña de todo lo que ocurría en el convento, por lo que ya estaba al tanto de que hacía dos meses habían pillado a una tal Alejandra Rengel con libros de la biblioteca debajo de su cama y que esto le había costado la estancia de un mes en la celda de castigo. Hasta aquí todo era más o menos anecdótico y, si bien a sor Ángela le alegraba que una de aquellas niñas de apariencia insulsa se interesara por la lectura, nada de lo ocurrido hasta entonces había logrado que la mística arqueara las cejas. Sin embargo, cuando su criada le contó que tan solo un mes después de salir habían vuelto a encerrar a esta niña por la misma falta, la luz prendió su curiosidad y quiso saber más sobre la intrépida ladrona a la que, al parecer, no le importaba demasiado que la encerraran en aquella horrible celda si mientras tanto podía leer algunos libros. Preguntó entonces por los títulos que había robado y descubrió una inevitable inclinación por la poesía griega, aunque lo que más llamaba la atención era su gusto por las matemáticas, la astrología y la astronomía y los tratados de alquimia. A lo largo de su vida sor Ángela había conocido a muy pocas mujeres interesadas por estos tratados y quiso saber más cosas sobre ella. Se enteró entonces de que un tiempo atrás, después de llamarla con insistencia para que recogiera el sucinto desayuno con el que la despertaban cada día, habían tenido que entrar, alarmadas ante la falta de respuesta, para encontrarla en estado de trance, desnuda y manchada de sangre. Después de adecentar la celda, asearla y vestirla la volvieron a encerrar, pero estuvieron más atentas a los ensimismamientos, a los que pronto se acostumbraron. Apenas comía y, en realidad, no sabían si dormía o se pasaba el día en un éxtasis que algunas monjas casi envidiaban, pues nunca habían conseguido tal estado de concentración.

Sor Ángela sabía que la presión y el aislamiento, unidos a una mente rica y un espacio tranquilo, podían favorecer traslados tan reales como la propia respiración, siempre y cuando estuvieran acompañados de algunas drogas específicas que había que saber controlar. La juventud de esta viajera de espíritu sorprendió a la mística de Santa María, que estaba segura de que no había tomado nada que la ayudara en el trance, y quiso poner a prueba la sabiduría de la joven rea. Le escribió una carta preguntándole por libros que ella nunca había leído e interesándose no solo por su conocimiento, sino también por su carácter, así como por el motivo que la había llevado, una vez que fue libre, a volver a robar libros: «¿Te proponías con ello que te encerraran de nuevo o tu mente es tan inquieta que prefieres el riesgo del castigo a permanecer un solo día sin que un nuevo conocimiento te alimente?».

En un almuerzo cualquiera de su segundo encierro mi madre recibió la primera carta de sor Ángela con el mejor regalo que podían haberle hecho en aquel momento: papel, pluma y tinta. Así fue como comenzó la relación entre sor Ángela de Santa María y mi madre y, aunque durante muchos años Alejandra Rengel pasaría por ser su discípula, en las cartas de ambas se percibe el tono de cariño, interés y respeto por los pensamientos de la otra.

Una vez le pregunté a mi madre si la poeta no era más una amiga que una maestra, ella me contestó que muchas veces la sabiduría consiste en encontrar los puntos de encuentro con lo diferente, aquello que te iguala. Entonces no lo entendí, pero con el paso de los años, al asistir los partos de mujeres tan diferentes en cada lugar —diferentes físicamente, diferentes en su forma de hablar, de vestir, diferentes en su educación y en su clase, pero sobre todo en su carácter, en sus deseos y en sus necesidades— me doy cuenta de lo que mi madre me quería decir con aquello, pues a todas las tratábamos igual, utilizando las mismas técnicas para ayudarlas en el mismo trance, aunque, según mi madre, la heterogeneidad de los partos ha de ser nuestro principal motivo de alerta a la hora de asistirlos. Nuestro trato y nuestra actitud al acompañar a las mujeres en ese partirse en dos no varía de una a otra, pues el dolor es igual en la dama y en la jornalera.

Mi madre le contó a sor Ángela que había encontrado una manera de hacer más interesante su estancia en la celda de castigo y que al salir había tenido una sensación de asfixia mayor. No despreciaba el trabajo físico del huerto y había logrado encontrar un interesante punto de encuentro para la meditación en las clases de bordados, pues eran movimientos precisos, repetitivos y que requerían de una concentración muy particular, pero con el tiempo empezó a echar de menos la lectura, así como poder escribir sus pequeñas tesis o tratados, y las interminables horas de oración en grupo disminuían su capacidad de análisis. Empezó a echar de menos el silencio y la soledad de aquella pequeña celda, y pensó que merecía la pena tener unas semanas de libre lectura hasta que las bibliotecarias volvieran a darse cuenta de la ausencia de algunos libros, como sin duda ocurrió.

Ante el descaro de haber repetido la misma falta, dejando en evidencia la efectividad de los castigos ejemplarizantes, en esta ocasión decidieron encerrarla dos meses y dejar correr el rumor, primero entre las profesoras y luego entre las alumnas, de que Alejandra Rengel no tenía todos los sentidos con ella, pues la locura siempre ha sido el mejor argumento para justificar el comportamiento díscolo de las mujeres.

En sus cartas hablan de cosas así, aunque casi siempre lo acompañan de ejemplos literarios o filosóficos, especialmente en el caso de sor Ángela. Las de mi madre solían derivar hacia cuestiones científicas que la poeta mística no dominaba, pero que le encantaba que ella le explicara: «Tienes, Alejandra, una vocación instructiva en tus escritos tan elevada como tus lecturas, a eso es a lo que aspira el conocimiento».

Como no quería que nadie supiera de la correspondencia que se había iniciado entre la mística y la niña, prefería no enviarle libros a la celda, algo que mi madre le pidió en más de una ocasión. En su lugar tenía la paciencia de transcribirle textos poéticos que a ella le parecían imprescindibles, así como fórmulas y teorías físicas y químicas que la niña necesitaba para completar sus esquemas de ideas. Ella ya conocía las traducciones de los alquimistas árabes y persas, de allí venía su fascinación por la destilación de minerales secos y por el proceso de vitriolo, pero fue sor Ángela quien le habló de los estudios de Alberto Magno, a quien había leído con atención al interesarse la poeta por su concepto de amistad y por sus trabajos sobre la moral, pero especialmente por sus conocimientos de la obra de Aristóteles, aunque siempre había pasado por encima de sus escritos alquimistas, que ahora buscaba y le transcribía en sus cartas. Gracias a estos estudios, Alejandra entendió cómo aislar el arsénico, un material tan deseado como la piedra filosofal, aunque bastante más temido por estar su devastadora existencia realmente probada.

Sor Ángela pensó que cuando terminara su segundo castigo, Alejandra necesitaría un espacio para realizar las pruebas y clasificar como válidos e inválidos otros experimentos. Estuvo dándole vueltas en voz alta a los posibles espacios que podrían habilitar en Santa María para crear un laboratorio, y su sagaz criada le señaló la gran despensa con la que contaba la cocina del ala sudeste, prácticamente una habitación contigua y, cosa extraña, con ventana. La puerta de la cocina estaba, además, junto a la de la biblioteca, por lo que facilitaría la consulta de lo que las futuras estudiantes pudieran necesitar.

Cuando Alejandra por fin salió se encontró con algo que, sin saberlo, siempre había deseado. El horno en el que hacían el pan estaba también muy cerca, y aquel olor le recordaba al de la Casa Acosta, así que el estado de entusiasmo con el que comenzaba a trabajar cada madrugada estaba alimentado tanto por su intelecto como por la acogedora sensación que le traían, a través de la memoria, estos sentidos.

Tenía que ser de madrugada para no despertar sospechas. Sor Ángela había logrado crear el laboratorio con la excusa de que las novicias podrían aprender a mezclar pigmentos para las telas que bordaban o tratamientos para el cuero de sandalias, cinturones y bolsas, algo que le había sugerido mi madre, que ayudaría en la producción de las sustancias que facilitaban estos procesos, como el alumbre. Se acordó, sin embargo, que fuera un espacio vedado a las niñas, y no porque las monjas se opusieran especialmente, pues era un lugar de conocimientos prácticos, sino porque dudaban de que estos conocimientos fueran del agrado de padres y maridos y preferían no averiguarlo.

Como ya era invierno, no tenía que esperar demasiado, pues las tardes eran cortas y el silencio de la noche, previo a la hora del sueño y posterior a la cena, se imponía a las siete, aunque hasta las nueve no salía mi madre de su celda. Se dirigía primero a la biblioteca para las consultas, y luego al laboratorio para las notas y los experimentos con el alambique y otro instrumental muy útil que la criada de sor Ángela le iba facilitando poco a poco, igual que otros productos más difíciles de encontrar, como alumbre y calcantita. De los elementos que había aprendido a aislar según los tratados de alquimia le interesaban el mercurio y el zinc, pero sobre todo el fósforo. En la madrugada de Santa María solo tres velas iluminaban la noche, la de la alcoba de sor Ángela y las dos que mi madre necesitaba para no quedarse ciega ni provocar accidentes irreparables. Con esta escasa iluminación trabajó las mezclas de agua con sulfato de hierro y sulfato de cobre, que al ser calentados se descomponen en óxido de hierro y óxido de cobre, dando como resultado agua y óxido de azufre. Una de estas combinaciones le quemó la mano derecha, y las gotas que desprendió abrasaron la madera de la mesa y la manga de la túnica, que tuvo que quitarse corriendo porque aquella pasta humeante parecía capaz de cruzar no solo la tela, sino todas las capas de piel, músculo y hueso de su brazo. Entendió entonces que el comportamiento de aquella sustancia era muy similar al de las descripciones que había leído sobre el ácido sulfúrico.

Otro aliciente de estas visitas al laboratorio era que de vez en cuando encontraba en la mesa una carta de sor Ángela o, aún mejor, una carta que llegaba de El Espejo de Diana. La posibilidad de esta correspondencia también la facilitó la mística, aunque fue una petición explícita de mi madre, que, aprovechando el papel que la poeta le enviaba a la celda de castigo, decidió escribir una carta a Dimas que llevaba meses pensando. La adjuntó a la que le escribía en esa ocasión a su única amiga en Santa María, con una nota pidiéndole que, por favor, la hiciera llegar a la cocina de la Casa Acosta: «Es muy importante que esta comunicación no llegue nunca a manos de los actuales dueños, Pedro y Mateo Rengel».

Estas cartas siempre iban dirigidas a Dimas, con la excusa de que era la única persona de su confianza que sabía leer y escribir. A veces el alfarero se las leía a Isabel Maldonado y a Afrodisia en voz alta, pero otras se las guardaba para él, porque a nadie interesaba lo que Alejandra le contaba en ellas, o tenía que saltarse las partes que pertenecían solo a la intimidad de ambos, pues era imposible no dar noticia sobre el estado en el que se encontraba la niña Alejandra, así que primero las leía él y luego decidía qué podía repetirse en voz alta y qué no.

Le asaltaba por entonces un extraño miedo a ser juzgado por la peligrosa amistad que se empezaba a gestar entre ellos, pues si bien la diferencia de edad, unos veinte años, apenas rozaba la anormalidad, estaba seguro de que los Rengel nunca permitirían que Alejandra se casara con el hijo de la cocinera. Sin embargo, mi madre nunca se planteó su amor por Dimas en términos de matrimonio o de factores plausibles o imposibles. Le gustaba estar con él, era una de las cosas que más le gustaban del mundo, motivo único y suficiente para buscar su compañía de todas las formas que podía imaginar, y cuando él le contaba sus disquisiciones sobre lo extraño de su amistad, ella siempre le contestaba con la misma pregunta, ¿tú quieres seguir escribiéndome?, ¿tú quieres seguir siendo mi amigo? Porque eso era lo único que importaba.

Lo que Dimas no supo nunca es que durante los años que mi madre estuvo en Santa María viajó cada noche a El Espejo de Diana para acostarse a su lado. No se lo contó porque semejante historia le habría parecido locura, viniendo además de alguien que dedicaba su vida a estudiar solo aquello que podía probar, pero ella me lo cuenta a mí ahora y yo la creo.

Cuando llegaba del laboratorio, sobre las dos de la madrugada, su mente seguía tan excitada que le costaba trabajo conciliar el sueño, prefería entonces tumbarse en el lecho. Cerraba los ojos y colocaba las palmas de sus manos hacia arriba, con los brazos ligeramente separados del cuerpo, pretendiendo una actitud abierta al vuelo. Sentía cómo se elevaba y salía por la ventaba, desplazándose con su mente a lo largo de kilómetros y kilómetros, a veces en noche de luna, a veces solo acompañada de las estrellas, hacia Aljuariz. Dimas tenía una pequeña casa en el pueblo, nunca dormía en la Casa Acosta, y hasta allí se trasladaba Alejandra, pasando por encima del lago y casi rozando los tejados de las aldeas. Entraba sin cuidado por la puerta y se deslizaba hacia su habitación, donde el alfarero dormía, ajeno a los viajes nocturnos dc su amada Alejandra, aunque, seguramente, soñando con ella.

Mi madre sentía el calor de su cuerpo cuando entraba en la cama con él y lo abrazaba para adormecerse escuchando los latidos de un corazón tranquilo. A veces se quedaba dormida y se despertaba pensando que habían pasado horas, cuando en realidad apenas habían sido unos minutos. Sentía entonces el cuerpo de Dimas lejos de ella, en la otra esquina de la cama, y observaba su espalda con el anhelo de que él la sintiera junto a él, que se diera la vuelta y la abrazara y la deseara mientras le sujetaba la cara con sus grandes manos, y la besara sin dudar de que aquello era lo único que tenía sentido. Pero Dimas nunca se daba la vuelta; seguía dormido mientras ella alargaba despacio sus dedos hacia los cabellos rubios, para acariciarlos un instante más y luego regresar volando hacia su celda, repasando con su mente el mundo que habían puesto entre ellos dos para que vivieran echándose de menos, para que entendieran que nada tenía sentido si no estaban juntos. Entraba de nuevo en la celda y se tumbaba sobre la cama en la que, en realidad, había permanecido todo el tiempo. O tal vez no, depende de cómo cada uno entienda el significado de la palabra *realidad*.

La realidad de mi madre dio un vuelco cuando la siguiente carta de Dimas tembló entre sus manos. No sintió el calor en sus ojos porque las lágrimas salieron directamente de un corazón anegado de dolor. Luchó para no caer al suelo y se apoyó con cuidado sobre la mesa de trabajo, temiendo derramar los peligrosos líquidos con los que trabajaba últimamente. Empezó a notar la asfixia y aquel dolor en el pecho que apenas la dejaba respirar. Un martillo invisible le golpeaba las sienes, obligándola a cerrar los ojos. Fue deslizándose poco a poco hacia la esquina de la mesa, y desde allí agarrándose a una de las patas en un camino hacia el suelo que parecía interminable. Por fin consiguió tumbarse boca abajo, apoyando sus mejillas en el mármol para reconfortarlas del calor que sus lágrimas desprendían. Lloró durante toda la noche, constatando a cada minuto la soledad de aquellos brazos que ya no tendrían donde descansar seguros.

Al acercarse la hora del amanecer sintió unas faldas deslizándose cerca de ella, seguidas de unos suaves pasos que pararon a su lado. Alguien se agachó, prácticamente se tumbó junto a ella, y cuando la niña reaccionó logró que se separara del suelo para poder regalarle su consuelo. Sor Ángela se quedó allí sentada con mi madre entre los brazos, acariciándole la cabeza hasta que el llanto paró. Ambas lo supieron entonces, aunque nunca fue necesario decirlo.

Dimas había tardado meses en reunir valor para contárselo, bien sabía que la noticia de la muerte de Felisa habría de cambiarlo todo.

Luna de sangre

En la primera hoja del cuaderno en el que suele trabajar siempre escribe la misma frase en latín: *Visita interiorem terrae rectificando invenies operae lapidem*. Esta frase conforma las siglas de la palabra *vitriolo*, la base de todos los estudios alquímicos, y nos habla de cómo encontrar la piedra escondida en la tierra. La clave está en *rectificando*, que para una química puede sugerir el proceso de destilar, aunque esto es solo una interpretación o traducción que se hace porque conviene que sea así y porque tiene sentido. La máxima apela literalmente al acto de rectificar, pues es lo que ella me ha enseñado siempre, nada se forma en único trazo, todo se aprende rectificando, solo se avanza rectificando.

Pedro Rengel, mi abuelo, nunca supo cómo rectificar su conducta. El miedo a perder lo que había conseguido le condujo tan solo a calcular y a manipular, ejercicios burdos que nunca llevan a ninguna conclusión, solo a alimentar una trama vital absurda, la que tejen aquellos que desconocen el poder de la mente humana o que confían en ella solo para fomentar el miedo que destila el poder, nunca el pensamiento como virtud, nunca el conocimiento como fin supremo. Sin embargo, mi madre está convencida de que unos finos hilos de conciencia se posaban en la mente de su padre de vez en cuando, entonces era presa del insomnio y se pasaba las noches dando tumbos por la Casa Acosta, como quien busca algo cuyo nombre ha olvidado. Algunas veces lo veían paseando por la orilla del lago hasta que se desviaba de la circunferencia para tomar un antiguo camino que la naturaleza, con sus tupidas zarzas y sus matorrales, parecía haber escondido. Nunca unos hierbajos habían frenado al mayor de los Rengel, así que caminaba sobre ellos sin importarle los arañazos en las piernas, que a veces sangraban. Escrutaba entre la maleza buscando el color ocre del sendero que le condujera a la antigua casa, aquella en la que vivió unos pocos años con su padre y con Mateo y donde ahora solo había ganado. Allí se quedaba muchas noches, dormido al calor de las bestias, como si ese fuera su lugar natural. Los pastores lo encontraban cuando iban al amanecer, pero no le decían nada, pues todo el mundo en Aljuariz sabía que no se podía hablar con el dueño, más desde que Isabel Acosta desapareciera.

Mi madre piensa que el comportamiento de su padre obedecía a un escondido deseo de expiación, pues a aquellas muertes siguieron muchas otras que él mismo ordenó, y el dolor causado en Aljuariz le agrió el carácter hasta convertirlo en un ser sombrío, silencioso, con quien nadie podía hablar, solo obedecer. Así era como, seguramente, se protegía del sentimiento de culpa, pero las noches sin dormir eran inevitables.

La deriva en la que se encontraba la Casa Acosta era patente hasta para Mateo. No había ninguna familia que sostuviera aquel lugar, solo dos mujeres medio brujas a quienes no quería escuchar, y la mano dura con la que su hermano Pedro estaba gestionando la sequía y la hambruna no podía llevar a nada bueno. Le dio por pensar que tal vez su hermano estaba poseído por algún demonio, como le habían contado que a veces ocurría hasta a los señores de las casas más importantes, que al ser acusados de terribles crímenes contra las mujeres o contra el alimento del pueblo, habían alegado estar poseídos y, en ocasiones, habían llegado a llamar a exorcistas que les liberaran si era necesario. Debió dudar Mateo bastante sobre este tema, por el miedo a que su hermano se enterara de sus sospechas, y terminó consultando a Isabel Maldonado, en quien seguía confiando sin querer reconocerlo, especialmente en estos temas que en la Iglesia estaban cada vez peor vistos, pero en los que él seguía creyendo, más por el miedo que desde niños su padre les había inculcado. Ellos llevaban el mal allá donde fueran y eso era algo que ni su dios podía evitar.

Mientras el hambre y la pobreza salpicaban de desesperanza los lugares que rodeaban El Espejo de Diana y Pedro Rengel deambulaba por las noches buscando consuelo en las bestias, su hermano Mateo no hacía más que rezar en la iglesia que construyeran sobre el templo de la diosa para que aquella maldición cesara, para que la lluvia regresara a los campos y la cordura a su hermano, que debía bajar el precio del arrendamiento. Así a las Madres de la Tierra les merecería la pena volver a trabajar.

Como tantas otras veces, Isabel Maldonado viajó hacia las Cuevas para consultar a las sabias sobre cómo extirpar de la casa y del pueblo aquel mal que habían traído los Rengel. Así se lo hizo saber a Afrodisia para que fuera deslizando el rumor por Aljuariz, donde desde hacía tiempo muchas familias recelaban de los pelirrojos, con la sospecha constante que el color de su pelo generaba y sin que Isabel hiciera nada por aplacar aquella superstición, sino todo lo contrario.

Las sabias le contaron que en trece días habría luna de sangre, entonces se reunirían en el bosque de sabinas en torno a una hoguera para recibir al eclipse, al que proclamaron protagonista del fin de aquel ciclo, por identificarlo con el fin de los desastres. Ellas debían liberar a la luna tragada por el astro monstruo y preparar a las más jóvenes para el nuevo advenimiento. Esta luna coincidió con el primer regreso de mi madre a Aljuariz, e Isabel Maldonado lo entendió como un buen presagio, pues ella sería la que iniciara los buenos tiempos que estaban por venir.

Para esa noche convocaron en el bosque de sabinas a todas las mujeres de las aldeas y a las del pueblo de Aljuariz que quisieran participar. Algunas sabias salieron también de sus retiros para ayudar en el proceso, especialmente para prender la hoguera que había de permanecer viva toda la noche y llevar la mandrágora que previamente debían recolectar sin tener el viento de frente. Isabel Maldonado las acompañó, aunque ni siquiera ella podía participar en la recogida de esta planta. Las dos sabias con las que iba hicieron tres círculos alrededor de la mata con sus cuchillos, levantando la raíz del suelo hacia el lado del poniente. De noche la tomarían triturada con vino, pero en las dosis que ellas marcaran y solo las mujeres que ellas decidieran.

Todas las convocadas esperaban en pequeños grupos, hablando en voz baja, como si quisieran templar sus pensamientos al calor de la hoguera. Mi madre las observaba con interés. Aunque seguía sin sentirse parte de cualquiera de aquellas creencias, le reconfortaba el valor que las sabias otorgaban a sus ritos.

Bajo la luna de sangre empezó a oírse tímidamente el canturreo de algunas de ellas, las voces que tarareaban aquella canción de manera espontánea y desperdigada pronto empezaron a elevarse en un coro que formaba un gran círculo alrededor del fuego. Hasta allí condujeron a una anciana que parecía estar ciega, era una de las mujeres que vivían en las Cuevas desde hacía décadas, a veces tardaban tanto tiempo en salir que sus ojos perdían la capacidad para enfocar con luz. Muchas lo preferían así, pues en el mundo de las tinieblas sus sentidos se agudizaban y sus sueños se volvían herramientas para esclarecer los acontecimientos que el tiempo se empeñaba en desordenar. Cuando terminó la canción la anciana elevó la voz sobre todas ellas:

—La envidia vacía las casas y llena las tumbas —dijo mientras la voz y el pulso temblaban.

Alguien le acercó un saco de polvo y semillas, tomó dos grandes puñados de aquella mezcla que arrojó al fuego. Isabel se aproximó a ella y le entregó cuatro herraduras que habían sido forjadas por el mismo Darío Acosta y que Alazán, el caballo de Pedro hijo, había llevado durante años. La anciana las tomó y las arrojó también al fuego.

—Cuando esta noche acabe —dijo dirigiéndose a Isabel— busca en las ascuas estas herraduras y llévalas al fuego de la Casa Acosta, donde deberán arder siempre.

Volvieron a cantar y algunas de ellas repartieron el vino con mandrágora. Isabel Maldonado también participó del reparto, había estado presente durante todo el proceso porque así es como se enseñaban unas a otras. Cuando la jarra se acercaba a mi madre una mano se interpuso entre el vino y su vaso.

—¡Ella no puede! —dijo la anciana.

La mujer que servía el vino las miró a las dos sin protestar y siguió el círculo buscando el vaso de la siguiente, pero a Isabel Maldonado le llamó la atención y se acercó a preguntar, aunque enseguida se arrepintió. Quedó como petrificada delante de la niña Alejandra y recordó entonces en voz alta: «Las embarazadas no pueden tomar la mandrágora», pero la única que lo escuchó fue mi madre.

Las voces se fueron elevando a medida que el fuego y el vino reavivaban la noche. Algunas seguían lanzando aquellos polvos a la hoguera y otras se acercaban a inhalarlo, y cuando lo tenían dentro de los pulmones lo depositaban con cuidado en la boca de la que tenían al lado. La luna comenzó a liberarse poco a poco de la estrella con la que Apolo la había ensangrentado y las más jóvenes bailaron al son de la música que aquellas, sabias y algunas Madres de la Tierra, entonaban divertidas. Durante el comienzo de aquella algarabía mi madre e Isabel Maldonado permanecieron quietas y calladas, una delante de la otra, como si no quisieran entender lo que ya sabían. Un atisbo de alegría destelló en la mirada de mi madre cuando comprendió que estaba embarazada de mí, y corrió lejos del rito, hacia Aljuariz, para buscar a Dimas y contarle la noticia. Cruzó el bosque de sabinas en la madrugada, acompañada tan solo de la luna cambiante, y llegó a casa del alfarero tan entrada la madrugada que este se asustó, pensando que había ocurrido algún desastre.

—Todo lo contrario. Nos ha ocurrido lo mejor —dijo con una ilusión que el hombre no supo quitarle.

La abrazó como si quisiera meterla dentro de él para que no le pasara nada malo, para que ella y la vida que llevaba dentro permanecieran ocultas a las mezquindades del mundo. Que nadie las dañara, que nadie pudiera nunca socavar la luz que su Alejandra desprendía, como si el pensamiento traspasara su piel, con la forma de aquella alumbrosa inteligencia que regalaba con deleite al mundo, y se amaron una vez más, sin poder evitar que el llanto y la euforia se colaran entre los besos y las caricias.

Desde la noche en la que celebraron la Novia de Mayo se habían visto todos los días y mi madre no había guardado ninguno de los cuidados que desde muy niña le enseñó la abuela Felisa para que las mujeres no quedaran encintas. Tampoco se planteó, o eso es lo que me cuenta, desembarazarse o darme a otra mujer una vez hubiera nacido.

—Todo eso está muy bien, y es parte de nuestra labor ayudar a las mujeres que quieren hacerlo —me dice—, pero es que yo quería tenerte.

Ella sabía que nadie iba a compartir este deseo de continuar con un embarazo que traería demasiados problemas, ni siquiera Isabel Maldonado se alegró por la noticia de una nueva vida, y aunque Afrodisia no pudo contener la ternura de asistir al nacimiento de otro bebé por convertirla, además, en abuela, tampoco podía evadirse de la pesadumbre de Dimas, que no lograba ver en aquello un buen futuro, especialmente para mi madre. Nadie tuvo, sin embargo, mucho tiempo para pensarlo, pues apenas pasados los meses de verano Pedro Rengel mandó que lo prepararan todo para el regreso de Alejandra a Santa María.

—Ya llevas demasiado tiempo bajo la influencia de estas mujeres —le dijo para despedirse, sin que mi madre le replicara ni levantara la vista de las baldosas de barro que cubrían el suelo de la Casa Acosta.

Y regresó al convento para pasar el embarazo tranquilo, a salvo de la mirada y los planes que su padre o Mateo podrían urdir para ella si se enteraban de su estado. A la única a la que se lo dijo fue a sor Ángela, que no la cuidó como lo hubieran hecho Afrodisia o Isabel, pues era mujer que promulgaba las costumbres estoicas, pero con quien mi madre se sentía segura, al menos para guardar el secreto y para ayudarla en el momento del parto. Ocultarlo a las monjas no fue complicado, la túnica escondió bien la barriga hasta diciembre. Para el invierno les daban, además, unas capas largas con capucha, de una lana marrón, que cubrían aún más sus cuerpos.

Ella misma preparó en el laboratorio la triaca para los dolores de parto, una fórmula que le enseñó la abuela Felisa y que ella ha ido perfeccionando poco a poco para relajar también el camino por el que salen los niños, de manera que la expulsión sea más fácil. También reunió todos los utensilios que necesitaba para sacarme ella misma de su vientre, como pretendía, cuando las dos estuviésemos preparadas. Recordaba un parto con la abuela Felisa en el que puso a la mujer en cuclillas sobre el suelo, cogió las manos de la parturienta y la fue guiando suavemente para que ella misma sacara a la criatura. Por si aquello no daba resultado, también improvisó un sillón de parto y preparó un cubo y muchas telas. Cada noche, cuando Santa María recibía a la madrugada en silencio, bajaba hasta el laboratorio y seguía trabajando en sus experimentos, aunque en los últimos meses se dedicó más a la lectura y en las semanas previas al parto cosió pañales y faldones; por primera vez encontró algo de utilidad a lo aprendido con las monjas en los últimos años.

También la criada de sor Ángela, que había demostrado ser de buena confianza, estaba al tanto del estado de mi madre. La mística logró que dejaran dormir a la joven en una celda cercana a la de Alejandra, con la excusa de que quería a su novicia lejos de ella por las noches, pues le distraía su presencia para la escritura. Así podría avisarla si había cualquier problema y, si fuera necesario, ambas la asistirían.

Sor Ángela no estaba de acuerdo con el plan trazado por su joven amiga y le insistió en muchas ocasiones sobre la conveniencia de llamar a un médico para que la ayudara. No sería ni difícil ni arriesgado, pues una de las secretas funciones que tenía Santa María era ocultar embarazos y asistir partos de jóvenes cuyas familias las llevaban allí para que las monjas se ocuparan de deshacer el entuerto y, de paso, buscar un destino a las criaturas. Esto último era lo que aterraba a mi madre, y por eso le pidió a sor Ángela que jamás hablara con ningún médico de aquello. Su plan era huir de Santa María en cuanto yo hubiera nacido, llevarme con ella hasta Aljuariz para esconderse en la casa de Dimas y escaparse con él en el siguiente viaje que tuviera que hacer.

Ahora, cuando me habla de aquellos días, se ríe de su propia inocencia y lamenta no haber estado más tiempo junto a su abuela, que debía cuidar de sus parturientas a veces hasta cuarenta días porque apenas podían moverse después del trance.

Algo se rompe en la mujer la primera vez que da a luz, y no solo porque su cuerpo tenga que abrirse, que la segunda, la tercera y la cuarta ya está hecho el camino y es más fácil, sino porque ha de desprenderse de una parte de ella que no tiene nombre, y esto le provoca un dolor indescifrable, constante, un dolor que a veces la acompaña hasta la muerte. En ocasiones es solo algo físico, porque tiene la vulva rasgada, a veces infectada, por lo que debe permanecer en cama durante largo tiempo, pierde la capacidad para controlar los esfínteres y hay que asistirla en todo. Es una forma desagradable de pasar la cuarentena, pero no la peor.

Lo peor viene cuando no pueden levantarse de la cama porque una extraña tristeza inunda sus sentidos, entonces no hay nada que se pueda hacer para sacarlas de la abulia. Algunas pierden las ganas de comer y hasta de respirar. No lloran porque están secas, el parto las deja vacías, como desprovistas de lo que han sido hasta el mismo día del alumbramiento, y esto les provoca una incurable melancolía.

Fue justo lo que le ocurrió a mi madre cuando nací y así es como me lo cuenta. Está convencida de que en las aldeas cercanas pudieron escuchar el aullido desgarrador que a las once de la noche cruzó los pasillos y todas las paredes de Santa María. No solo lo oyó la criada, que fue corriendo a avisar a sor Ángela, sino todas las vecinas de celda de Alejandra

Rengel, las monjas y novicias que las guardaban y hasta las mujeres del ala sudeste.

El parto no fue fácil porque yo no quería salir, y al final llegó el médico, al que avisaron en cuanto sor Ángela informó de lo que ocurría, y no solo usó fórceps, sino que se subió encima de su barriga para sacar a la criatura, o al menos eso le dijo, mientras ella le imploró que eso no, eso no debía hacerse, casi con un hilo de voz porque las fuerzas no le acompañaban.

Nací casi veinte horas después de aquel grito y ella quedó exhausta durante un tiempo que no logra recordar, desgarrada en cuerpo y alma porque me habían llevado de su lado, cuando lo que había que hacer era poner al bebé sobre la piel de la madre para que la reconociera y comenzara a mamar lo antes posible. Nadie pudo calcular el desastre que provocó aquella separación, pues siempre se hacía así, le dijeron. Sabiendo mi madre lo que habían hecho sus bisabuelas y abuela, que era todo lo contrario, no pudo más que callar y darle la espalda a los que la miraban para intentar dormir un poco. Pero aquel sueño no fue en absoluto reparador. Cuando despertó ya estaba muda de tristeza y apenas podía moverse ni tenía hambre ni ganas de verme.

Escribieron una carta dirigida a Pedro Rengel explicándole lo que había ocurrido y cuando pasaron los días que por precaución recomendó el médico, nos montaron en un carromato a mi madre y a mí de vuelta a El Espejo de Diana con la carta en el bolsillo del hombre que conducía. Tuvo la generosidad sor Ángela, una vez más, de mandar a su novicia con nosotras, viendo que mi madre, pese a los días pasados, no recuperaba el sentido ni las ganas de vivir. Nadie pudo evitar que aquella carta llegara a manos de los Rengel, y no porque en ella les informaran de lo que era obvio nada más verme, sino porque se ofrecían a buscarme una casa humilde, pero decente, con una madre de varios niños, casada con un buen hombre que se encargaría de darme su apellido.

Mi madre recuerda aquellos días en Aljuariz entre tinieblas, es justo la palabra que usa porque ella tuvo que descender a un infierno en el que las figuras de los seres que se acercaban para intentar cuidarla, para animarla o darle de comer y de beber son un recuerdo brumoso que ha de recomponer con más imaginación que memoria. Sí recuerda algún abrazo de Dimas, y la figura de su cuerpo y su cabello dorado frente a la ventana de la habitación, de espaldas y conmigo en brazos, tal vez meciéndome. Recuerda a Isabel trabajando con sus hierbas alrededor de su cama, pero sobre todo acunándome y hablándome durante horas por las noches, mientras Afrodisia le imploraba que comiera algo, por el bien de nuestra niña, le decía.

«Apenas les dio tiempo a verte cuando ya te querían», me dice para reconfortarme, pero en menos de una semana el propio Mateo Rengel se encargó de llevarme de vuelta a Santa María con la criada de sor Ángela. Hasta entonces Isabel Maldonado se había encargado de ponerme en el pecho de mi madre para impedir que se secara. Mateo también llevaba una carta de mi abuelo, que todavía conservamos, dando su permiso para que las monjas se deshicieran de mí, y en la casa se instaló el lamento constante e incrédulo de aquellos que ya me habían hecho suya. Ni siquiera la Maldonado se atrevió a hablar con Pedro Rengel, que durante esos días también había permanecido en su habitación, con una cólera en la mirada que las mujeres no veían desde que Isabel Acosta cometió su terrible crimen, y solo salió cuando estuvo seguro de que su hermano y su nieta estaban lo suficientemente lejos.

Cogió la fusta de Alazán y se dirigió a la habitación donde mi madre fingía el sueño, sin querer atender a las noticias que le había traído Afrodisia, esa que lloraba porque se habían llevado a su niña. Dimas todavía no lo sabía, pasaba las noches en su casa de Aljuariz y entraba en la Casa Acosta con cuidado de que no le vieran, para no despertar ninguna sospecha entre los Rengel, que desconocían la paternidad del alfarero sobre la recién nacida.

La única que intentó evitar la cólera de Pedro fue Isabel Maldonado, que lo persiguió hasta el establo, pidiéndole que por favor no lo hiciera. Había sacado a mi madre en camisón de la cama y la llevaba agarrada de la melena, forzando el gesto porque la niña le sacaba más de una cabeza.

—Isabel, no te metas o será peor para ti y para ella.

Es lo último que escuchó mi madre antes de que le atara las manos y la colgara de uno de los gruesos clavos que sobresalían de manera aleatoria entre las vigas. Su padre le quitó el camisón y empezó a golpearle con el látigo en la espalda. Todavía hoy tiene cicatrices de la piel que fue rasgándole aquel duro cuero durante veinte largas embestidas. Seguramente hubo alguna más, pero ella pudo contar las últimas veinte, con las primeras solo sintió dolor, por eso gritó, pero no le pidió que parase. Todavía estaba anestesiada por aquella extraña tristeza que parecía haberla poseído y el terrible ardor en su espalda no era más que algo físico, tan superficial como la propia piel que le estaban desgarrando.

Poco a poco el grito fue cesando y los ojos, que las cuatro o cinco primeras veces habían permanecidos cerrados, se fueron abriendo para que la claridad entrase en su mente. Entre latigazos fue dibujando un espacio de luz en el que esconderse hasta que aquel calvario terminara. Intentó huir de allí con el poder que su mente le había dado en otras ocasiones, y sin apenas pensarlo comenzó a vislumbrar una habitación limpia y clara, un lugar luminoso que la reconfortó al instante. Entonces imaginó que me tenía con ella, justo en el momento del parto, aunque esta vez estaba la abuela Felisa, a la que acompañaban otras voces. Sus manos y las de otras mujeres que se le parecían y que le recordaban a ella misma la ayudaban. Me miraban llorar durante unos segundos y, sin lavarme ni cortar el cordón, me colocaban sobre el pecho de mi madre. Empezó a sentir de nuevo el dolor real que le estaba propiciando su padre, aunque el siguiente latigazo fue el menos terrible; tal vez Pedro se estaba cansando o arrepintiendo y le golpeó menos duro, o tal vez fue porque sintió por primera vez el amor con el que siempre me ha arropado. Una necesidad de cuidarme, de estar siempre conmigo, de mirarme y enseñarme, de ayudarme cuando me equivocara y de guiarme para que supiera cuándo y cómo se debe rectificar, empezó a escocerle en la boca del estómago, más que cualquiera de las heridas provocadas por el látigo. De repente necesitaba saber dónde estaba, qué habían hecho conmigo. Necesitaba urgentemente saber que estaba bien, si había comido, si estaba limpia o si algo me dolía. Con los dos últimos latigazos un quejido agudo y quebrado retumbó en la Casa Acosta, y en las aldeas, y en la tierra, y en las calles de Aljuariz, y en las profundidades de El Espejo, donde a saber qué almas escucharon a mi madre implorar para que le devolvieran a su hija. Entonces supo cuál sería mi nombre, aunque a veces piensa que fue un susurro que le llegó en aquel trance.

Debía llamarme como la cazadora, gemela de la luna, protectora de la naturaleza y de las mujeres.

«La niña del bosque», le dijo la voz de Felisa. Libre y sabia Diana.

HIJAS DE LA LUZ Y DE LAS TINIEBLAS (LAS CUEVAS)

Parecer estar loco es el secreto de los sabios.

Esquilo

Aquellas que tenían el alma prisionera de sus pasiones, las que renegaban de la realidad y del tiempo, las que ansiaban encerrarse en simulada sepultura, las que ya no creían en la luz y también las que huían de su propia oscuridad. Las castigadas por practicar la ciencia de hembra, las niñas violadas, rechazadas, las madres que no podían amar a sus hijos vivos y las que no podían despedirse de sus hijos muertos. Las sabias, las herejes, las coléricas, las tullidas, las leprosas, las hechiceras paganas que dominaban el fuego. Las acusadas, las pobres, las del campo, ancianas Madres de la Tierra que ya no servían para trabajar, las viudas, las taimadas, las apasionadas, las débiles mentales y débiles de espíritu, las temerosas, algunas valientes y todas las repudiadas que amaron lo que no podía nombrarse buscaban nuestras sombras cavernosas y fingían el deseo de esconderse en ellas, cuando en realidad lo que necesitaban era hallar un conocimiento superior, aquel que las ayudara a convivir con sus monstruos hasta que les llegara la muerte.

Nuestra superficie estaba cubierta de casas incrustadas en la roca donde ardía el hogar de las sabias. Eremitas útiles a las que era difícil acceder, pero no imposible. Ellas deseaban ayudar a aquellas que lograran encontrarlas y nunca se negaban a practicar su ciencia, sin que la moral creada por los hombres obrara su falso parapeto entre el bien y el mal. Ellas la aplicaban a quienes las necesitaban y no solían preguntar nada. Tampoco hablaban de lo que hacían ni relataban las cosas que les habían sucedido a lo largo de su vida, pues su mayor creencia era guardar el misterio de sus obras; esta y la de conservar la lumbre siempre encendida.

Las casas de las sabias dibujaban desde siempre una frontera entre lo visible y lo invisible. Más allá de las rocas que ellas habían trabajado para crear hogares sin ventanas, donde muchas familias vivieron antes de las grandes sequías y donde seguían creando su ciencia empírica, estaban las cavernas de las otras mujeres. Región subterránea de límites inciertos, cada bóveda estaba precedida por un pretendido abismo que pocas veces adquiría forma a través de una tímida hoguera o una antorcha ambulante. Esta insólita luz hacía posible un tránsito intermitente por vestíbulos y rutas que se multiplicaban hacia lo más profundo de mi piedra, donde solo las más valientes se atrevían a adentrarse.

Alejandra Rengel se abrió paso por uno de aquellos fríos agujeros siguiendo una luz flotante. La oscuridad lo ocupaba todo, apenas podía ver una mano detrás de la lámpara que la guiaba con destreza. En un punto concreto aquella luz se detuvo y señaló hacia el suelo, donde descendía una escala también de roca que terminaba en otro agujero de estrecha abertura. Allí debía introducirse, arrastrando su cuerpo como una oruga, hasta llegar a una nueva salida y un acentuado desnivel de al menos cuatro metros. Se dejó caer, tal y como le habían dicho que hiciera, y rodó dando vueltas en la oscuridad hasta que el suelo firme detuvo la inercia que el descenso había provocado. Permaneció unos segundos tumbada en mi oscuridad, sintiendo el frío y el olor a humedad que se desprendía de una pequeña fuente subterránea, cuyo rumor percutía en las enormes paredes de la bóveda, fingiendo ser cascada cuando no era más que reguero. La intrusa respiró aquel aire húmedo y comprendió que debía aferrarse al hilo de agua que le regalábamos, por si fuera el único hálito de vida que la acompañara en los venideros.

Su tiempo no sería de exploración o catarsis, sino de espera. O al menos eso se repitió durante las primeras horas, que pronto fueron días. La habían separado de Afrodisia nada más entrar, aunque llegaron juntas y con miedo. Después de observarlas durante largo rato, una de las sabias sentenció que la cocinera podía quedarse cerca de las lumbres, pero Alejandra debía visitar mi interior.

—Solo necesitamos escondernos, nos quieren matar.

La sabia le respondió que no tuviera cuidado, allí no las encontrarían a ninguna de las dos, pero tenía que hacer lo que ellas le dijeran, igual fuera que dentro. También le sugirió que no mintiera:

—Estás aquí para esperar a Diana, pero has venido a conocer a tu madre.

Alejandra no supo qué contestarle. Era cierto que Isabel Maldonado se lo había dicho, prácticamente se lo había ordenado. Huid a las Cuevas, les dijo, tu madre os esconderá. A ellas les extrañó, pero nosotras conocemos a Isabel Maldonado desde hace años. Cuando nos visita se adentra en lo más profundo sin miedo y está con Isabel Acosta algunas horas, le cuenta lo que ocurre en la casa y a su hija, e incluso vino a contarle que Alejandra estaba embarazada.

La loca Isabel nunca le contesta ni le pregunta nada, no le hace falta. Lleva en nuestro interior tanto tiempo que se mueve entre los recovecos con la misma facilidad que el viento, aunque casi siempre está en el mismo lugar, porque vive de la oscuridad y del silencio. Son los únicos elementos que necesita para iniciar sus viajes, igual que su hija Alejandra, aunque para activar sus imaginaciones esta necesita de su intelecto e Isabel Acosta solo alimentarse unas horas con el calor del fuego.

Cuando Alejandra ha rodado hasta la bóveda mayor ella lo ha sentido nítidamente y se ha desplazado hasta allí para acompañarla, pero su hija todavía no puede percibir la presencia de su madre, que está ahí, a su lado, escuchando sus recuerdos.

Al principio fueron las bestias de los establos cayendo inertes unas encima de otras. Pateaban la madera de las puertas como queriendo huir de un destino irrevocable, y cuando en las casas con ganado se hicieron eco del horrible ruido que ocasionaban las coces y los mugidos, estremecedores como lamentos humanos, fueron a sacarlas por si el mal procedía de su encierro, pero ya tenían los animales la muerte con ellos y los que lograron salir despavoridos de sus pesebres caían igual que los que estaban dentro.

Los pastores madrugadores, aquellos que al alba ya estaban en el monte haciendo trabajar a los perros, quedaron mudos durante días, incapaces de narrar cómo las bestias empezaron a desplomarse frente a ellos, una detrás de otra, sembrando las laderas y los valles donde pastaban de un cementerio de cabezas de ganado a las cuales les salía espuma por la boca; otras habían vomitado sus propias lenguas después de habérselas tragado, la mayoría yacía con los ojos en blanco y otras estuvieron gimiendo durante horas, mientras el ladrido de los perros no cesaba, igual que el llanto de aquellos hombres, que quedaron inmóviles frente a aquel paisaje traído desde el infierno.

Los hombres de Pedro Rengel llegaron a la Casa Acosta cuando ya el sol se acercaba al mediodía, pues no habían logrado creer al único chico que escapó de aquel horrendo horizonte de muerte, hasta que ellos mismos subieron a verlo. Arrestaron entonces a los pastores y se dirigieron hacia el sur, donde también tenían los Rengel ganado pastando. Igualmente, la fina hierba que les alimentaba había sido sepultada por cientos de cuerpos de animales que no volverían a respirar.

Cuando el dueño logró entender lo que entre todos balbuceaban montó a Alazán y se dedicó durante el resto del día a recorrer sus tierras, donde solo halló a aquellos que pronto empezarían a pudrirse. Lo único que quedaba era silencio; ya no se oía ni a los pájaros ni a los perros, como si el resto de las criaturas que poblaban aquellas tierras hubieran huido ante la sospecha de ser también víctimas de la maldición.

Esa fue la palabra que empezaron a susurrar los habitantes de Aljuariz. La maldición traída por los Rengel primero había secado la tierra, luego empobrecido a los hombres y mujeres que trabajaban el campo, y ahora se cebaba con el ganado.

La muerte de los animales trajo la ira de los hombres y un rumor de voces airadas, de gritos y de improperios hacia los dueños llegó hasta el centro de aquella tierra seca, y sacudió nuestras profundidades para propagarse con el eco en cada una de las bóvedas, vacías o habitadas, que modelan nuestras entrañas.

Aquellos hombres y mujeres indignadas, hartas de callar y de no tener qué llevarse a la boca, de ver enfermar a sus hijos y de desear que los días pasaran rápido porque la vida no podía ser aquello, alzaron sus herramientas de trabajo, ahora ya inservibles para el campo, y se dirigieron en colérica procesión hacia la Casa Acosta.

Un tímido fuego comienza a despertarla. Alejandra abre los ojos y cesan de retumbar los recuerdos en nuestras paredes. Parpadea lentamente y las llamas de las antorchas que portaban aquella noche los habitantes de Aljuariz se funden con las que han empezado a arder dentro de la bóveda. Cuando es consciente de que ese fuego es real se incorpora sobresaltada. Mira hacia todos lados, pero no dice nada, se acerca a él para calentarse porque hace mucho frío aquí dentro, eso piensan las intrusas, las visitantes, todas las que están de paso. Otras, como Isabel Acosta, han aplacado sus sentidos y ya sus cuerpos apenas saben distinguir entre una temperatura u otra.

Parece que está sola, pero su instinto le dice lo contrario. Alguien ha venido a encender el fuego, piensa, alguien que todavía está aquí.

—¿Hola? —pregunta por fin, aunque está convencida de que nadie va a contestar.

Se equivoca, cientos de voces repitiendo esa palabra empiezan a retumbar en mis paredes, el eco de su voz le contesta y crea un estruendo inesperado desde los receptáculos más pequeños hasta las Cuevas gigantes que me pueblan. La palabra se desmiembra en sílabas sin sentido, viajando de aquí a allí durante varios minutos, hasta que una bandada de murciélagos sobrevuela su cabeza, atraída por el ruido y el humo que desprende la hoguera. Cuando desaparece todo vuelve a estar en silencio. Sentada frente a la luz, Alejandra se pregunta qué habrá sido de la Casa Acosta, qué habrá sido de Isabel Maldonado, que no consintió en moverse de su lugar. Incluso piensa en Mateo Rengel, que fue el primero en huir, ¿en qué convento o iglesia se esconderá ahora?

Lo vieron cruzar el pasillo que distribuía las habitaciones en la planta de arriba como si fuera un fantasma. Lívido y distraído, parecía que sus pensamientos ya lo hubieran arrastrado fuera de allí, lejos de cualquier persona que pudiera reconocerle. Entró en la habitación de Pedro, que para todas siempre fue la habitación de Felisa, y se arrodilló frente a él, pidiéndole que huyeran. Ellos eran los culpables de aquella desgracia y su maldición ahora se cebaba con los animales. Debían huir, aunque no para renunciar a la tierra, sino para buscar protección.

Pedro Rengel también estaba seguro de que iban a intentar lincharlos, aunque no creía que ellos fueran los causantes de aquellas extrañas muertes, y una certeza oculta comenzó a planear sobre su obtuso pensamiento, sin atreverse a salir, a decirlo, pero quedando latente, como vaticinio de la verdad. Si Isabel Acosta había sido capaz de matar a su propio hijo, ¿qué eran unos pocos animales para su hija Alejandra? Todos sus esfuerzos por alejarla de la influencia de las sabias habían sido inútiles, pues llevaba el mal en la sangre, igual que ellos llevaban la mala suerte.

El mismo orgullo que le hacía recorrer kilómetros cuando era un niño sin quejarse ni una sola vez, aunque tuvieran que andar sin zapatos y las ampollas de los pies casi no le dejaran rozar el suelo, el mismo orgullo que le hizo dominar el arco cuando apenas medía un metro y medio, y matar lobos sin respirar, y montar a caballo para sentirse por encima de todos, mitad animal, mitad hombre. El que le hizo ser el mejor pastor, esquilador, curtidor, el que le hizo doblegar a las mujeres y retar en fuerza a todos los hombres que se atrevieran; ese orgullo que le había hecho renunciar a cualquier atisbo de sentimiento que pudiera debilitarle, le impedía ahora salir huyendo, tal y como le pedía su hermano, pues estaba convencido de que podría con todos ellos y de que, además, saldría fortalecido. Pero sí que dejó que Mateo se fuera; en esas circunstancias no era más que un lastre y alguien tenía que avisar a la guardia de aquel levantamiento en Aljuariz.

Los hombres y las mujeres del campo querían echar a los Rengel e intentar recuperar las tierras que no hacía tanto habían sido comunes y prósperas. En manos de los antiguos pastores desapareció el gozoso impulso de trabajarlas, porque los pagos eran imposibles de afrontar y la multiplicación de cabezas de ganado acabó con las posibilidades de nuevas siembras, para mudar de nuevo la tierra fértil en yerma.

No era solo la sequía, pues otras veces habían sabido luchar contra ella las Madres y las sabias, sino una calculada operación para convertir las manos del pueblo en artefactos inútiles, en un trueque siniestro que parecía estar cambiando vidas humanas por animales, pues en los últimos meses el ganado se alimentaba mejor que los hijos e hijas de aquellos que ahora marchaban encolerizados hacia la casa de Darío Acosta. Un nombre que pocas veces había escuchado Alejandra en su vida, apenas un par de veces cuando, siendo niña, preguntó por qué la casa en la que vivían se llamaba así y no la Casa Rengel. También se lo había mencionado Isabel Maldonado algunas noches atrás, cuando le hacía las curas en la espalda a causa de las heridas provocadas por la fusta de su padre. Tenía que dormir boca abajo, así que aprovechaban para untarle «el mismo ungüento que pasaba por las heridas de tu abuela Felisa cuando Darío Acosta le daba aquellas palizas». Se percató entonces Alejandra de que Isabel nunca usaba la palabra *marido*, a no ser que entendiera que en el matrimonio había amor, por eso ni Pedro Rengel ni Pedro hijo ni Darío Acosta se habían ganado aquel título que, sin estar casados, ya llevaba Dimas sobre los hombros.

—Ha venido a verte tu marido —le dijo cuando terminó con las curas.

Y ella, medio adormecida por el láudano que acompañaba a la medicina, principió un amago de sonrisa que sorprendió a la Maldonado, pues no había cambiado el semblante de tristeza desde que se llevaran a su hija. Sin embargo, la pena por el rapto de Diana no había templado la mente de Alejandra, todo lo contrario, y apenas hubo recuperado el sentido tras aquella paliza, cuando ya trazaba los planes para traerla de vuelta y alejar para siempre a los Rengel de aquella tierra.

Para distraerla de la ansiedad que la separación de su hija le estaba produciendo Dimas le contaba cosas mundanas, pero nunca había logrado Alejandra que los hechos cotidianos de las vidas ajenas le interesaran lo más mínimo. El alfarero optó entonces por hablarle del descontento de la gente, de cómo se estaban organizando en secreto para recuperar las tierras, que se reunían a veces en su propia casa con el propósito de llegar a alguna conclusión optimista, y encontraban en el miedo que todos le tenían a Pedro Rengel un freno insalvable.

Alejandra recordó entonces la primera vez que desde la celda de Santa María viajó hacia El Espejo de Diana. En ese sueño, que ahora parecía premonitorio, había visto como una lanza cruzaba el pecho de Dimas. Le suplicó:

—Si ves llegar a unos hombres con lanzas, tienes que proteger a Isabel y a tu madre, porque las van a matar.

Mintió Alejandra Rengel a Dimas para alejarle del peligro, para proteger su corazón de aquellas lanzas que sus sueños le anunciaran.

Mira las ascuas del fuego que alguien encendió hace muchas horas, de vez en cuando una pequeña llama lucha por crecer. Ha estado cuidando y avivando los restos del hogar desde que empezó a menguar, pero duda si seguir haciéndolo. Tal vez alguna mano cercana lo hará por ella si decide renunciar a ese cometido tan importante para las sabias, pero no termina de atreverse, en parte porque dejar una hoguera morir le produce un respeto cercano a la fe que promulgan los creyentes, y en parte porque sabe que la mano que vendrá a rescatar la lumbre para convertir de nuevo las brasas en llamas será la de su madre.

Su imaginación empieza a elucubrar libremente, igual que lo hace en sus viajes y en sus sueños, pero ahora desearía controlarla, pedirle que permanezca firme y fría a su lado. Entonces siente su presencia un poco más cerca y comienza a pensar en una de sus fórmulas, si tuviera papel y pluma podría escribir y la incertidumbre sobre lo que le espera no sería protagonista inútil de sus pensamientos.

La abuela Felisa la llamaba por su nombre, Isabel, y como ella pensaba que se refería a Isabel Maldonado tenía que aclararle:

—Tu madre, Isabel Acosta.

Pero las mujeres de Aljuariz y en las aldeas y en el pueblo se referían a ella como la niña Isabel o la loca Isabel, dependiendo de para qué la nombraran. Alejandra callaba hasta llegar a casa:

—¿Por qué llaman loca a mi madre, abuela?

Y Felisa mantenía la respuesta en el aire y le prometía que se lo explicaría dentro de unos años, que todavía era muy joven para entender ciertas cosas.

La misma respuesta que le daba cuando la niña preguntaba por qué su madre no vivía con ellas. No estaban muy seguras de si estaba viva o muerta, le decían Afrodisia o su abuela o Dimas, cuando se veía interrogado también por Alejandra. La única que mantenía silencio era Isabel Maldonado:

—Cuando seas una mujer te llevaré a las Cuevas y lo entenderás.

Cómo ha detestado siempre pensar en el futuro. Durante las últimas semanas toda su vida ha sido una tediosa planificación de cada uno de sus movimientos. Estaba segura de que, tarde o temprano, su padre se daría cuenta de que los animales fueron envenenados y no dudaría en sembrar de muerte aquel lugar, empezando por su propia hija. Tuvieron que huir cuando los rumores de un levantamiento en el pueblo contra la Casa Acosta comenzaron a ser firmes, por no querer comprobar si la revuelta se resolvía en favor de las Madres de la Tierra. Isabel Maldonado sabía que aquello no traería más que dolor para todos, pero que se cebaría, como siempre, con los más débiles.

Las Madres de la Tierra y sus hombres llegaron hasta la cancela de hierro que forjara Darío Acosta y la cruzaron sin miedo, caminaron por el camino de cipreses ante la entrada principal y rodearon la fachada, haciendo un círculo de fuego sobre los cimientos. Lo primero que destrozaron fue la tarima sobre la que Pedro Rengel se subía para dar órdenes, y con la madera que resultó hicieron otra gran hoguera, detrás de la que muchos se escondieron cuando empezó la refriega. La experiencia y el coraje de Pedro Rengel y de sus hombres no fue suficiente para salvaguardar la Casa Acosta, pues los de Aljuariz eran más en número, y por unas horas los débiles del mundo creyeron haber vencido.

Sin embargo, la guardia que mandaran llamar para mantener el orden llegó al poco con Mateo Rengel a la cabeza, que de pronto se vio dueño único de aquellas tierras. Ni una sola lágrima rodó por el rostro del fraile cuando encontró a su hermano mayor colgado de una de las vigas de la cocina, tan solo se arrodilló frente al cuerpo inerte que aún se tambaleaba, no sabían si por el viento o porque todavía le quedaba un suspiro. Tampoco hizo por que lo bajaran, sino que empezó a rezar, deseando que cada palabra del avemaría actuara como lápida implacable ante el que había sido yugo durante toda su vida.

Regresaba entonces El Espejo de Diana, en orden misericordioso, a las manos de los representantes de lo divino, tal y como la Iglesia traída por los hombres siempre había querido.

Las sombras de las mujeres se extienden por nuestras paredes de una en una porque ellas no van a las guerras de los hombres, las que mueren lo hacen en sus casas a manos de sus dueños, sean ganadores o perdedores. Los hombres, sin embargo, suelen morir luchando contra sus iguales, y sus llantos se entremezclan hasta diluirse en un canto único que desdibuja sus historias. Pero esta vez no ha ocurrido así. Esta vez los hombres y las mujeres han muerto juntos, tal vez porque eran pobres y la miseria no entiende ni de sexo ni de raza ni de edad.

Alejandra se despierta con un silbido agudo que cruza los estrechos pasillos de nuestro interior, pasa por las rendijas que resquebrajan la piedra y se cuela sin permiso hasta llegar a sus oídos, como un llanto ensordecedor de voces que ya no son humanas. Se pregunta de dónde procederá ese extraño silbido, pero no le da tiempo a pensarlo porque al quedarse dormida, ha desatendido el fuego y las últimas ascuas vivas se esconden latentes bajo un manto de cenizas.

Por fin escucha unos pies arrastrarse hacia ella. Se incorpora, pero todavía no ve nada. Las pisadas retumban en la bóveda, igual que su respiración, que ahora parece más acelerada. Las ascuas comienzan a moverse y una figura de mujer se perfila en el claroscuro.

Su mente no puede articular la palabra madre porque su madre era su abuela Felisa, solo piensa en cómo la llamaban de niña, aunque a ella no le gustara, aunque le pareciera injusto que hablaran así de ninguna mujer. Es la loca Isabel, y ordena a su pensamiento que calle, tal vez por primera vez en su vida.

—Sí —dice o piensa la mujer que frente a ella comienza a avivar el fuego—. Y estas son todas tus madres.

Tira un puñado de lo que parecen semillas sobre las primeras llamas y un humo espeso se desprende de la lumbre. Los pensamientos que hace unos segundos Alejandra deseaba acallar adquieren una claridad repentina, y todo lo que era desconocido a su alrededor parece tener un nombre concreto. La cueva comienza a iluminarse poco a poco, pero ella tiene una extraña nube sobre sus ojos. Le duele la cabeza, piensa.

—Me duele la cabeza —le dice a la loca Isabel.

—Y dentro de poco empezarán las náuseas —dice ella sin inmutarse, sin apenas mirarla, porque está preparando algo entre cuencos y telas.

—Bebe esto.

Es lo último que escucha Alejandra.

Los hombres que trajo Mateo Rengel mataron a los que se resistieron y arrestaron a los que habían sido señalados por algunos habitantes de Aljuariz. Aquellos que vieron la muerte de cerca y temieron por su suerte pensaron que señalar a otros les exculparía, pero también se equivocaron. Esto fue lo que le ocurrió a Dimas el alfarero, que cuando los vio entrar en la Casa Acosta con lanzas recordó la petición de Alejandra y fue a proteger a Isabel Maldonado y a Afrodisia a la cocina, sin saber que, con aquel gesto, estaba salvando su propia vida. Más tarde lo arrestaron y lo llevaron lejos de aquellas tierras, le dieron castigo y cárcel en alguna insalubre ciudad que ahora mismo no logramos identificar, por eso Alejandra todavía no lo sabe, pero tarde o temprano se enterará e irá también a buscarle. O tal vez no.

El futuro es algo que raramente visita nuestras cavernas. Por eso las sabias usan el cornezuelo para iniciar sus viajes, porque la planta ayuda a descifrar el pasado. Ellas piensan que es lo único a lo que deben enfrentarse los humanos; elucubrar sobre el porvenir es una entelequia para mentes desocupadas o simples.

Todo lo que Alejandra comienza a ver entre luces y sombras tiembla o se distorsiona como un espejo curvo. También tiene la sensación de ser incapaz de moverse, pues en realidad ha iniciado un viaje hacia otro mundo. En sus vigilias solo visita lugares que ya conoce, pero esto es diferente. El espejo curvo se convierte en el fondo de El Espejo de Diana. Las manos de Isabel Acosta sujetan las de Alejandra para ayudarla en el trance, siente entonces que todo es agua, la roca, su cuerpo, su mente están ahora compuestos por el líquido elemento, aunque no sabe si está en el lago o en la matriz, porque hay un bebé flotando a su lado.

—Es tu hermano muerto —le dice la loca Isabel—. Despídete de él, debes hacerlo para continuar.

Alejandra agita la mano derecha frente a aquel bebé desconocido, pero inmediatamente abre los ojos, asustada por lo que acaba de descubrir. Todavía su mente está en estado de expansión, así que la visión de la cueva la deslumbra. Todo irradia una nueva luz, las imágenes a su alrededor adquieren extrañas formas geométricas con colores que desconoce. Le llama la atención que los sonidos que escucha —el rumor del agua, el vuelo de un murciélago, el crepitar del fuego, la falda de Isabel Acosta bamboleando alrededor de su cuerpo— se convierten inmediatamente en un reflejo visual.

Entonces unas manos le cubren los ojos con un pañuelo:

—Para que todo sea nítido y significativo.

La voz distorsionada de Isabel Acosta sigue retumbando en su cabeza.

Al cubrir su mirada las figuras se atenúan y el color que el fuego da a la cueva comienza a irradiar un tono anaranjado que no tiene nada de particular. Sin embargo, al mirar de nuevo ve a seis mujeres haciendo un círculo alrededor de ella. La que tiene en frente es Isabel Acosta y a su espalda está Isabel Maldonado. Ambas dan un paso hacia delante y la miran fijamente. Después la loca Isabel sigue hablando:

—Ellas son tus bisabuelas, a las que conocimos siempre por el nombre de Felisa, y ella es Juana la partera.

Alejandra siente el dolor que aquellas mujeres han llevado con ellas hasta la muerte, un dolor que, en realidad, siempre la ha acompañado. Solo se mueve de su lugar cuando ve a su abuela, la verdadera Felisa, de ojos violetas, situada a su izquierda. Se acerca a ella y siente de nuevo la felicidad de su abrazo en forma de despedida, igual que aquel que se dieron antes de que la niña partiera hacia Santa María, como vaticinio del vacío incurable que dejaría esta ausencia en su vida.

De nuevo interrumpe la voz de Isabel:

—Debes despedirte de ellas. Debes decirles que entiendes su dolor, que te llevas todo por lo que lucharon, que sabes cuáles fueron sus quebrantos y que nunca los olvidarás. Luego déjalas marchar.

Así lo hace, pero ellas no contestan, permanecen quietas, mirándola sin decir nada.

Alejandra comienza a sentir un ardor en los pechos que la devuelve al mundo de los conscientes, se quita el pañuelo que le cubre los ojos y los colores que hace tan solo un instante han resplandecido como si estuvieran siendo creados en ese preciso momento tornan en los sencillos claroscuros que la luz del fuego ha provocado, después en azules y tímidos grises, después en oscuridad y, de nuevo, en el color del silencio. Siente entonces la leche llenándole los pechos, oprimiéndolos, endureciéndolos, provocando ese repentino calor como un recordatorio de la existencia de Diana. El único futuro que merece la pena ser pensado.

Eso también se lo enseñó la abuela Felisa, había que seguir sacando la leche para que la producción no cesara, de esta manera, cuando recuperara a su hija podría alimentarla ella misma. Estaba segura de que así la reconocería enseguida. Había que hacerlo con cuidado y pericia para no dañar las mamas, y Alejandra lo repetía cada cuatro o cinco horas desde hacía días, también dentro de las Cuevas.

Aunque los dueños de la tierra intentaron acallar los ecos de aquella revuelta, los levantamientos de Aljuariz recorrieron pronto pueblos y aldeas. El acontecimiento llegó distorsionado hasta las puertas de Santa María, unos decían que habían colgado a medio pueblo, otros que habían incendiado casas y establos, matado a los animales y quemado la poca simiente que quedaba. A sor Ángela le llegó también la historia de como Pedro Rengel había muerto de una pedrada que le lanzó una de las Madres de la Tierra, y que para asegurarse de que no salía de la inconsciencia que el golpe le provocó, lo colgaron de una de las vigas de su propia casa.

Se preparaba la poeta para salir del convento tras lustros allí encerrada, fingiendo haber encontrado una familia para la pequeña Diana de su absoluta confianza. Su verdadera dirección fueron las Cuevas donde Alejandra la había citado, justo en la primera hoz del río Íznar, donde las bóvedas eran superficiales y de fácil acceso. Allí llevaban las mujeres toda la jornada, y ya empezaban a dudar de si finalmente aparecería alguien. Los rumores sobre los arrestos y muertes hacían que la duda sobre su llegada creciera a medida que el día avanzaba, y cuando la luz de la tarde comenzó a bajar sobre las paredes de aquella cueva y las sombras a oscurecerla, la criada de sor Ángela pensó que debían regresar, o al menos buscar un lugar más seguro donde pasar la noche.

A varios kilómetros de allí, las sabias con las que Afrodisia convivió durante el encierro de Alejandra le dijeron a la cocinera que podían irse y la enviaron al interior con una lámpara y una niña para que la ayudara en los tramos difíciles, hasta lograr sacar a la hija de Isabel Acosta. Pero la oscuridad y los continuados viajes la tenían abatida, y una vez que logró estar fuera, le costó bastante trabajo recuperar tanto la visión como la noción de realidad con la que se conducían en el exterior.

Debían cruzar varios tramos del camino dentro del río porque, aunque era poco caudaloso, las riberas se estrechaban hasta convertirse en intransitables. Llegaron casi al anochecer con las faldas empapadas y las piernas exhaustas, pero la visión de sor Ángela las reconfortó, pues ellas también temían que se hubiera marchado.

Sin embargo, la poeta había convencido a las mujeres que la acompañaban para que aguantaran allí toda la noche, encendiendo un fuego en lo más profundo de aquella cueva para no despertar sospechas. El llanto de Diana interrumpió el abrazo que las dos amigas se dieron cuando por fin estuvieron juntas. Alejandra levantó la cabeza que había hundido en el hombro de sor Ángela y se acercó al fuego.

Habían improvisado un lecho con algunas mantas, un poco retirado, pero donde llegara bien el calor. La niña estaba inquieta, más por extrañamiento que por hambre, y su madre no quiso cogerla, por no sacarla de aquel lugar tan cómodo. Se tumbó junto a ella, apoyada sobre el costado, y así volteada empezó a darle de mamar hasta que se quedó dormida. Le costó volver a separar su cuerpo del de su hija, y estuvo mirándola respirar tranquila durante largo rato, contando las veces que inspiraba y espiraba hasta que sintió que la calma también volvía a ella. Solo entonces se levantó para ir al encuentro de las que esperaban al amor de la lumbre y darles la noticia que, seguro, desaprobarían.

Ella iba a volver a El Espejo de Diana a por el sillón de parto de su abuela. De ninguna manera podía permitir que hicieran con él fuego o astillas. La decisión estaba tomada y, para sorpresa de la propia Alejandra, la que más la apoyó fue Afrodisia, que, aunque era la que con más razón debía temer por su vida, deseaba ver por última vez a Isabel Maldonado e intentar averiguar hacia dónde se habían llevado a Dimas.

Reanudaron el viaje después de haber dormido tan solo un par de horas para llegar a la Casa Acosta al alba. Esperaban que Mateo Rengel estuviera todavía dormido, como así sucedió. Isabel las esperaba en penumbra dentro de la cocina. Se dirigieron hacia el establo, donde estaba el sillón, lo sacaron y, con sumo cuidado, lo ataron al carromato. Todos los esfuerzos por intentar convencer a la sabia fueron inútiles, no pensaba moverse de allí, estaba demasiado cansada

Que no se preocuparan, les dijo, ella estaría bien.

Partieron antes de que la luz de la mañana las delatara. Isabel Maldonado esperó hasta que ya no se oía el ruido de las ruedas sobre el camino de cipreses. Removió las cenizas una vez más, por si alguna brasa revivía, pero el frío y el tiempo habían hecho su trabajo. Entonces se dirigió hacia El Espejo de Diana y buscó en la orilla algún bote que la llevara hacia el centro. Remó durante unas horas y cuando ya no tuvo más fuerzas, tiró los remos al agua y se tumbó boca arriba para despedirse de aquella vida, consciente de que no había nada que la encadenara a las mujeres de la Casa Acosta

El fuego se había apagado.

Gracias a mi padre, que me enseñó a escuchar historias a la luz de la lumbre.

Gracias a mi madre, que me las contó.

Gracias a Blanca y a Teo, que cuidaron de mi hija mientras escribía esta novela.

Gracias a Palmira por seguir creyendo en la literatura.

Gracias a David por toda la alegría.